ENQUÊTES VÉNITIENNES - 1

LE CONCERT INTERROMPU

I0681927

de

Pierre LEGRAND

et

Claudine CAMBIER

Roman policier historique

ISBN : 978-2-9600804-7-6

Illustrations : Composition originale et sculpture (Nicolò Aurelio, d'après un portrait de Titien) : Claudine CAMBIER.
   Photos : Pierre LEGRAND

Courriel: contact@enquetesvenitiennes.com

TABLE DES MATIÈRES

AVERTISSEMENT

La plupart des situations et des personnages évoqués dans cet ouvrage sont historiques.

Un certain regard sur la vérité historique fait apparaître une vérité romanesque, généralement considérée comme une fiction, mais qui n'est qu'une sublimation du possible.

1 : UN HOMME AUX YEUX GRIS

Il allait droit devant lui, sans regarder personne, comme si rien ne pouvait l'arrêter. Lorsqu'il se déplaçait seul dans les ruelles étroites de la ville, les hommes qui le reconnaissaient se plaquaient à la muraille pour le laisser passer, les femmes le dévisageaient avec moins de crainte, mais tous le suivaient du regard avec un mélange d'admiration, de respect, parfois d'inquiétude. Certains le saluaient, mais il se donnait pour règle de se comporter comme s'il était seul au monde, abîmé dans des pensées auxquelles personne n'avait accès.

Ce matin-là, il s'était habillé sobrement, bas noirs et costume noir, pourpoint large d'épaules et de manches ne laissant paraître que le col délicatement plissé d'une fine chemise de soie blanche, grand manteau noir flottant derrière lui comme des ailes de chauve-souris. Sa canne, dont il ne se servait guère, lui donnait une noble contenance

Il s'éloignait de l'embarcadère de San Samuele où le gondolier avait déployé la planche sous ses pieds et il s'enfonçait d'un pas décidé, impérieux, dans le dédale des ruelles sombres de Venise, sa silhouette élancée se découpant sur le pan de lumière que formait dans son dos l'échappée du Grand Canal.

De toute évidence, il connaissait son chemin. Où allait-il ainsi ?

On ne lui donnait pas d'âge, mais le bonnet de velours cachait le haut de son front que l'on devinait légèrement dégarni ; il portait assez de barbe pour cacher les rides de sa bouche et ses tempes étaient argentées. Il marchait ; il n'arrêtait sur aucun objet le feu de son regard clair, mobile et glacé.

Nicolò Aurelio n'était pas un patricien, mais un citadin important. Il avait été secrétaire, compagnon, conseiller, confident de plus d'un haut magistrat de la République de Saint Marc ; il avait suivi des ambassadeurs à Milan, à Constantinople ; avait été secrétaire du Conseil des Dix. Sa vaste culture classique, son éloquence, son goût des arts, dans la cité qui rivalisait alors avec Rome et Florence, avaient construit sa réputation auprès de l'aristocratie vénitienne. Sa longue expérience des hommes au pouvoir avaient fait de lui un fin psychologue. Homme discret dans une ville tapageuse, ses silences autant que son verbe lui valurent enfin d'être élu au poste de Grand Chancelier. Mais même sans sa toge rouge et son page pour lui ouvrir la voie, même habillé en citadin, il gardait cet air d'autorité qui trahissait l'homme de secret, habitué à observer. Et si, sur la *piazzetta*, dans les venelles, sur les ponts de Venise, on croisait cet homme noir au teint pâle et à l'étrange regard clair, on s'écartait sur son passage.

Il avait tourné plusieurs coins de maisons de bois, évité des flaques d'eau laissées par une récente averse, frôlé des ménagères coiffées de leur panier, traversé un *campo* au milieu d'envolées de pigeons, s'engagea enfin dans une impasse habitée par des poules et poussa une porte. Au fond du couloir obscur de la demeure, une autre porte entrouverte laissait passer un rai de lumière ainsi qu'une longue et splendide vocalise jaillissant avec vigueur d'un mâle gosier en plein transport d'allégresse. Nicolò Aurelio sourit. Décidément, un original que ce Grand Georges.

En réalité, l'homme qui chantait ainsi eût aussi bien été accepté à la Chapelle de Saint-Marc, puisqu'il touchait de tous les instruments et poussait le madrigal avec une voix magnifique. En toute occasion, on empruntait ses talents de musicien mais on était séduit surtout par ses œuvres de peintre. Il était devenu une personnification de jeunesse, d'audace, de liberté, Grand Georges. Et puis, cette familiarité : jadis, on prononçait avec respect les noms d'Andrea Mantegna, de Vittore Carpaccio, de Giovanni Bellini… ; on faisait même précéder leur nom du vocable respectueux de *Maestro* ; actuellement, les officines des jeunes peintres retentissaient de prénoms, de nom de villes –Ciccio da Padova–, quand il ne s'agissait pas de sobriquets. Ainsi, Giorgio Barbarelli se faisait-il appeler Grand Georges : Giorgione, Zorzi en vénitien. Et depuis qu'il s'était mis à peindre autre chose, autrement, il flattait l'esprit de toute une génération pétrie d'Antiquité et engouée de nouveauté. Un esthète comme Aurelio ne pouvait être qu'un de ses admirateurs et un familier de son atelier.

Le chant emplissait la vieille demeure. Quel dommage de devoir agiter la clochette pour l'interrompre !

— Qui va là ? fit la voix, devenue théâtrale.

Mais Nicolò Aurelio était de ceux qui n'avaient qu'à montrer leur visage.

— Messer Cancelliere ! Que me vaut l'honneur…

— Point d'honneur, Maestro, seulement une triste nécessité. Toutefois, vous visiter en votre atelier est un plaisir que je n'ai voulu laisser à personne et je vous prie de ne point interrompre votre travail qui est délectation des yeux.

Venise cultivait l'art du compliment, celui du plaisir en même temps que celui de la vérité énoncée à demi-mot. La « triste nécessité » évoquée par le Chancelier pouvait attendre un peu, le temps du plaisir. Les pattes au coin des yeux gris d'Aurelio se creusaient dans un sourire un peu énigmatique. Giorgione, revêtu d'une ample blouse de lin écru sauvagement maculée, s'était plié en deux, avait appelé le valet qui avança un de ces sièges aux formes romaines qui vous enfoncent dans l'échine le mufle d'un lion sculpté dans le chêne et vous forcent à un maintien d'empereur, posture qu'Aurelio adoptait avec grandeur.

Giorgione portait bien son surnom de Grand Georges. Il était grand, massif, paraissait plus massif encore dans sa large blouse de peintre. Une belle chevelure ondulée tombant sur de larges épaules entourait une tête carrée aux traits fermes. Un grand nez, deux plis verticaux entre les sourcils, de magnifiques yeux sombres. De même qu'Aurelio n'avait pas besoin de se présenter, Giorgione n'avait pas besoin de commenter ce qu'il était en train de faire. En ce temps-là d'ailleurs, il n'était pas rare que des personnages importants viennent s'asseoir en silence dans les ateliers des peintres pour assister à la naissance des chefs d'œuvres. On s'y rencontrait parfois à plusieurs, les valets apportaient les chaises, les rafraîchissements. C'était le prix à payer, disaient les artistes, pour la notoriété qui génère les commandes.

Sur le chevalet, une toile de belles dimensions représentait une scène champêtre au centre de laquelle deux musiciens assis sur l'herbe semblaient se concerter entre deux morceaux. Deux hommes à contre-jour dont l'un, magnifiquement vêtu de velours rouge, le visage entièrement dans l'ombre, tenait un luth. Comment faisaient-ils pour ne pas apercevoir leurs deux compagnes à la somptueuse nudité ? L'une vue de dos, la flûte en suspens, attendait ; l'autre à l'écart, nonchalamment appuyée sur la margelle d'une fontaine, puisait de l'eau dans une petite jarre de verre d'une transparence limpide. Au loin stridulait le pipeau d'un berger. La nature était immense, le temps suspendu.

– Puisque vous m'y autorisez, Signor Cancelliere, je termine ce blanc de céruse et je me mets à vos ordres.

Le peintre fit un pas en arrière, écrasa le bout de son pinceau dans une préparation de pâte claire qui formait sur sa palette comme une minuscule montagne neigeuse, allongea le bras vers la femme à la fontaine, enroula autour de sa cuisse la traînée légère et transparente d'une gaze blanche, souligna le pli de l'étoffe. Une ligne venait d'apparaître, mais aussitôt que le trait eut exprimé la cassure du tissu, il se fondit dans la transparence. Il soulignait par sa netteté les ombres troublantes de l'entrecuisse, ténèbres séparant les formes pleines des chairs ambrées.

– *Tityre, tu patulae recubans sub tegmine fagi…* récita Aurelio.

– Vous avez raison, Signor Cancelliere, c'est une poésie.

– Et ces femmes… ?

– Les divinités sont invisibles aux mortels, mais tellement présentes… des muses.

Aurelio assistait au miracle de l'œuvre en train d'apparaître, abandonnait ses pensées. Ses yeux caressaient les femmes, interrogeaient leurs ombres. C'était cette sensualité qu'il aimait dans la peinture nouvelle : aucun trait acéré mais la lumière chaude des crépuscules qui effleure des formes, traduit les textures et appelle non seulement le regard, mais donne de l'imagination à la main, à tous les sens, car on savourait autant la chaleur des intimités de femme que la douceur de l'air, la fraîcheur de l'eau, les trilles du pipeau, le bruissement du vent et le murmure de la fontaine. Le pinceau courait sur la toile avec un bruit d'herbe sèche. Il décrivait à présent le drapé qui retomberait le long de la jambe dans une coulure d'un blanc laiteux. Il reviendrait ensuite avec du blanc pur pour y jeter des éclats de lumière.

– Voilà ! fit soudain le peintre dans un joyeux éclat de voix. Le reste, je le laisse à plus tard ou alors à Titien.

– Ce sont les mêmes muses dont vous avez couvert la façade du *Fondaco de'Tedeschi*. Là bas, elles sont de feu. Ici, de chair.

– Elles sont surtout de rêve, Signor Cancelliere, dit Giorgione en confiant sa palette et ses pinceaux au petit valet. Je les ai vues un matin en traversant le Rialto. Elles sortaient de l'eau comme des statues. Voyez-vous, je peins les images qui s'accrochent dans ma tête. Des paysages, des dieux… Il n'est pas mauvais, n'est-ce pas, de rappeler aux marchands de Rialto que Venise est la ville de la splendeur et qu'elle contient les meilleurs peintres du monde nouveau…

Il était de notoriété publique que Giorgione n'avait pas le génie modeste. Il avait ôté sa blouse, s'apprêtait peut-être à chanter une ode nouvelle à la gloire de son talent. Aurelio, qui n'avait pas oublié la pénible nécessité évoquée dès son arrivée en ces lieux, décida d'arrêter tout de suite cet élan en imposant un changement de ton :

– Certes, Maestro, certes, soupire-t-il. Le monde nouveau tel que vous nous l'offrez est magnifique. Vous savez qu'on n'en peut dire autant de celui que nous offrent les nations qui nous entourent. Depuis que le Pape a suscité contre nous la ligue de Cambrai qui fait de tous les États d'Europe nos ennemis, notre pauvre Cité a bien à souffrir. Et je dis bien Cité, puisque, après avoir perdu toutes nos provinces de la *terraferma*, nous sommes quasiment réduits à notre lagune.

– Ah, *Signor Cancelliere*, je vous vois plein d'amertume et vous oubliez que nous avons repris Padoue…

– Dans un épouvantable carnage, achève Aurelio. Mais comme nous vainquîmes, il fut à notre gloire. Il n'empêche que l'effort de guerre épuise nos ressources.

– Nos ressources ! Eh ! Rappelez-vous le mariage Venier, qui dura quatre jours pleins, et où vous fûtes en bonne place et en votre habit rouge ; la fête de la sensa, où l'on ne vit jamais une telle foule de gondoles à la suite du *Bucintoro* ; les régates de Ferragosto…

– Maestro, c'est quand on est pauvre qu'on porte tous les jours ses habits de cérémonie et les bijoux qui vous restent. Nous n'avons plus que ce moyen d'en imposer à nos ennemis. Ainsi, le *Fondaco de'Tedeschi* dont vous avez fait une merveille, où nous rassemblons les marchands allemands pour mieux les surveiller, nous sert aussi à mieux les éblouir et à travers eux, à mieux éblouir l'Europe. Seulement…

– Seulement… ? reprit Giorgione brusquement sur ses gardes.

Car il se doutait bien que le Chancelier n'était pas venu à cette heure-ci seulement pour le voir peindre.

– Seulement, nous avons perdu Cervia et Ravenne et leurs salins qui nourrissaient notre trésor. Le Provéditeur au sel, appelé hier matin par le Conseil des Dix pour exposer l'état de nos finances, fut renvoyé avec la mission de freiner les dépenses publiques.

Il n'en fallait pas plus pour faire apparaître au front de Giorgione les deux rides verticales de la méfiance. Il l'attendait de pied ferme, la « pénible nécessité » à laquelle ce renard d'Aurelio, qui ne disait jamais un mot de trop, avait fait allusion. D'ailleurs les yeux gris ne caressaient plus les beautés offertes, ils observaient sur le visage de son hôte la montée de l'orage.

– Je vous entends, Excellence. Le *provveditore al sal* ne m'a pas encore payé la totalité de mon travail aux Tedeschi.

Aurelio souleva une main saluant une évidence que ni l'un ni l'autre ne voulut expliciter. Mais comme Giorgione gardait un silence irrésolu, Aurelio s'avança :

– Dans cette guerre, Maestro, chacun paye de sa personne pour tenter de sauver notre République. En mai dernier, une délégation de nos patriciens les plus illustres sont allés honteusement se prosterner aux pieds du Pape Jules qui nous avait trahis. Nos jeunes patriciens se sont portés volontairement aux côtés du gouverneur Gritti sur les remparts de Padoue. Les citoyens de Vicence ont été massacrés en plein office divin par des troupes françaises déchaînées. Le gouverneur Da Riva et son fils ont été trouvés pendus aux arbres. Depuis, nous levons des troupes pour harceler ces ennemis acharnés ; les réfugiés s'accumulent dans nos hospices, les *Scuole* de charité sont débordées. Les familles apportent leur vaisselle d'or à la *Zecca*, mais aurons-nous assez de ressources pour tenir ? C'est devenu l'affaire de chacun.

Aurelio jugea le moment venu de laisser Giorgione à ses réflexions. Il se remit à contempler le concert champêtre.

– L'État ne m'a versé à ce jour que 130 ducats sur les 180 promis par le contrat, dit soudain le peintre.

– Je sais, dit Aurelio avec naturel. Le Conseil des Dix est prêt à vous en donner vingt de plus pour terminer votre affaire. Mais vous n'avez pas à me répondre à l'instant. Je vous suggère de rendre visite au Provéditeur au sel, ce qui vous donnera l'honneur d'agir de votre propre chef.

Giorgione se sentait pris au piège car l'amabilité d'Aurelio lui semblait suspecte. Cet homme manipulait son prochain avec un art consommé, c'est du moins ce qu'il se dit, après qu'il se fût entendu remercier celui qui venait de rabaisser de trente ducats le salaire d'un travail remarquable.

– Ne me remerciez pas, disait encore le Chancelier, les seuls moyens que j'aie de favoriser les artistes ne sont après tout que quelques conseils avisés pour leur permettre de demeurer en cour.

Giorgione pensa qu'il avait peut-être raison, mais il ne voulait pas continuer à cacher un fond de dépit et la flatterie avait des limites. D'ailleurs, son Excellence, ayant dit ce qu'elle avait à dire, se tournait à présent vers d'autres objets : des chevalets posés à l'écart, où mûrissaient d'autres scènes : saintes conversations, madones jouant avec un bambin, portraits…

– Tiens ? fit soudain le notable, encore un concert ? Qu'est-il arrivé, qui fasse ainsi se retourner l'organiste ?

– Ah ! fit Giorgione heureux de reprendre la main dans la conversation. Voilà une musique et un silence d'une autre sorte. J'ai saisi cet instant hier au palazzo Contarini. On y prépare la fête pour l'anniversaire de la jeune Sylvia et nous répétions l'ode à la sylphide. Soudain, Ser Girolamo, l'oncle de la jeune fille, surgit dans la pièce, la traverse à grands pas précipités vers la sortie, sans s'arrêter, sans nous regarder, assurément sans nous voir ni nous entendre, et disparaît en claquant la porte. Silence stupéfait. Nous nous regardons. Ou plutôt… nous aurions dû nous regarder. Mais au même moment, on entendit retentir la cloche de vêpres. Instant étrange. Comme si la mort appelait et que l'enfer s'était entrouvert… Ne vous ai-je pas dit que je peins les images qui s'accrochent dans ma tête ? Celle-là s'est accrochée, allez savoir pourquoi. Et puis, rentré chez moi, j'ai commencé l'esquisse. Ne sais si je l'achèverai, mais elle pourrait faire le pendant à la langueur du concert champêtre.

Le peintre commentait à grands gestes, parlait avec emportement, humour, un mélange de verve et de détachement. Aurelio l'écoutait en souriant. Personnage étrange que ce peintre à la fois brouillon et précis, rapide, instinctif et négligent. Dès l'instant que le sujet d'une œuvre était en lui, il la jetait sur la toile et la phase de l'achèvement ne l'intéressait plus.

Telles étaient les réflexions de Nicolò Aurelio sur le chemin du retour. Zorzi aurait toujours besoin d'un Titien pour le continuer sans le trahir. Tant que Titien l'admirerait. Mais Titien cesserait un jour de suivre un maître. Cette idée-là s'était-elle accrochée dans la tête de l'artiste ?

Les nuages de pluie s'étaient éloignés, une lumière semblable à celle du *Concert Champêtre* se reflétait dans l'eau du canal, jetait un éclat doré sur les nouvelles façades gothiques. Au doux balancement de la gondole, Aurelio repensait au Conseil des Dix de ce matin, 16 octobre 1510. À l'heure qu'il était, Messer Cartelloni, son scribe, avait fini d'en retranscrire le rapport dans les formes voulues pour les introduire dans le circuit des archives. Il n'y manquait que sa signature. Il se fit donc conduire au palais des Doges, se dirigea vers l'escalier interne qui conduisait aux bureaux étroits de l'administration. Ce fut en passant sous la colonnade de la cour intérieure que Ser Mosca, des *vigili della notte*, se précipita à sa rencontre.

– Excellence, nous avons repêché ce matin un cadavre dans le *rio di San Luca*. Messer Butiron et moi croyons l'avoir identifié, mais nous avons besoin de votre confirmation avant d'envoyer le rapport.

– À moi ? Pourquoi ? S'agit-il de quelqu'un de mes proches ?

– Non point, Excellence. Nous pensons à Ser Girolamo Contarini !

2 : UNE MISSION EXTRAORDINAIRE

Andrea Mosca était un petit homme noiraud à tête de fouine avec de gros yeux ronds mobiles lui sortant des orbites comme l'insecte dont il portait le nom. Il y avait, dans ses gestes courts une précision calculée et une violence retenue. Il aurait fait un magnifique lanceur de couteau, un proxénète ou un mauvais garçon très efficace, mais le sort voulut qu'il entrât dans la milice urbaine et mît ses dons naturels au service du bon droit. Nicolò Aurelio, qui l'avait vu un jour happer un voleur de pommes avec la rapidité d'un lézard, s'était intéressé à ce tas de tendons et de membres secs et veillait depuis à en faire le meilleur usage possible. Il l'avait lancé dans la nuit comme une araignée pour qu'il aille tisser ses toiles dans les coins sombres aux abords des tavernes, dans les rues louches aux commerces interlopes, et il revenait aux premières lueurs du jour tapi sous le felze d'une gondole d'où son œil saillant inspectait encore les objets confus qui surnageaient au petit matin à la surface des canaux. Dans une ville de cent cinquante mille habitants bâtie sur l'eau, contenant, en ces temps de guerre, un grand nombre de réfugiés, chaque nuit apportait ses résidus de vie, scories des activités nocturnes que la gent humaine rejetait dans les replis les plus sordides de la ville : cadavres d'animaux, fœtus, bébés mal nourris, enfants ou femmes violés, soûlards attardés, victimes de rixes, tous résidus de la violence ordinaire, quand il ne s'agissait pas de simples vieillards vacillants. Venise était une ville dangereuse : les *calli* étaient étroites et l'on s'y croisait qu'en se frôlant ; les embarcadères avaient des marches glissantes et les *fundamente* point de parapet. De toute façon, la marée du lendemain venait laver la ville de la plupart de ses rejets et si les canaux de Venise puaient, ils empestaient moins que les rues de Paris à la même époque.

– On ne ramasse pas tous les jours un aristocrate, Excellence, disait Mosca comme pour s'excuser d'entraîner le Seigneur Aurelio loin de ses chemins ordinaires.

Il savait bien, Mosca, que son maître non seulement connaissait par cœur son livre d'or des familles patriciennes, mais était par obligation un excellent physionomiste. N'était-ce pas le Grand Chancelier qui, selon la règle, se postait à l'entrée des salles de conseil, les jours de votes, afin d'écarter du scrutin tous ceux qui, par leurs liens familiaux, n'avaient pas droit à la *ballota* ? Qui mieux que Messer Aurelio pouvait attester devant les autorités l'horrible nouvelle qui allait se répandre ? C'était tout cela qu'exposait Mosca en précédant Aurelio dans les caves du palais.

En fait, il ne s'agissait pas de caves, mais de salles basses que l'eau, aux *acque alte* envahissait parfois, de même qu'elle envahissait les *pozzi* où croupissaient des prisonniers de droit commun. Entre les piliers noircis qui soutenaient la voûte fruste, la lumière parcimonieuse venait d'une fenêtre au grillage rouillé percée presque au ras de l'eau. Aurelio accommoda ses yeux à la pénombre. Messer Butiron, le médecin légiste au service de la République, était penché sur une table de pierre. Il salua d'une torsion de cou l'arrivée du Chancelier. Le cadavre était étendu sur la table. Une barbe noire lui envahissait le menton, les cheveux mi-longs collaient à la peau blême. Une horrible blessure creusait le sommet du crâne et laissait apparaître des chairs grises et rosâtres dont l'eau avait léché le sang. Des yeux glauques apparaissaient sous des paupières mi-closes. Le séjour dans l'eau ne lui avait pas encore gonflé outre mesure les traits du visage. Butiron s'apprêtait à écarter le vêtement poisseux et la fine chemise de soie. Il s'agissait bien de Girolamo Contarini, bel homme de la quarantaine, mais dans quel état, Seigneur ! L'élégant arrogant, amateur de parures, où qu'il se trouvât en ce moment, ne devait pas apprécier que des yeux étrangers contemplassent sa dépouille pitoyable.

– Je reconnais bien Girolamo Contarini, prononça Aurelio, qui connaissait les procédures.

Mais je ne lui vois ni bague ni bijoux. Qu'avait-il sur lui ?

– Rien de précieux, Excellence, dit Mosca. Pas d'argent non plus. Rien dans les poches ni dans les manches. Constatez qu'il n'a point de ceinture : on a dû la lui voler, c'est la meilleure façon d'emporter une bourse. Vous pensez bien que ceux qui ont fait cela, ou je préfère dire ceux qui l'ont trouvé ainsi, ont consciencieusement dépouillé leur homme.

Le médecin avait mis le corps à nu. Un corps d'homme bien nourri, avec un début d'embonpoint.

– Pas de traces de lutte, Messer Butiron ?

– Rien qui puisse indiquer qu'il s'est débattu, répondit le médecin de sa voix nasale. Il est entré dans la mort sans se voir passer, sans confession, et que Dieu lui fasse miséricorde.

– Amen, Messer.

Mosca se signa.

– Où exactement dites-vous que vous l'avez-vous repêché ?

– *Rio di San Luca*, répondit Mosca. Il était resté accroché sous un pont, à la hauteur de l'église, à deux pas de chez lui. Il refluait avec le courant.

– Et pas de témoins, évidemment.

– Eh, Excellence… fit le vigile en s'agitant. Mes hommes et moi, au petit matin, l'avons accroché au bout d'une perche. J'avais passé la nuit autour de *San Cassiano* où…

Cela, Aurelio le savait et il voulait quitter au plus vite cet endroit puant.

– À votre avis, Messer Butiron, combien de temps a-t-il séjourné dans l'eau ?

Butiron avait terminé d'examiner le corps mais plus rien ne lui avait paru suspect, et revenant à la tête, il renifla les cheveux, souleva une paupière. Il sembla que l'homme se réveillait, fielleux et menaçant. Butiron lui pinça la mâchoire dans le but de lui ouvrir la bouche. Quel râle abominable allait émettre ce gosier ? Mais il n'en coula qu'un peu de liquide brunâtre. Aurelio sortit son mouchoir et se l'appliqua sous le nez.

– J'en ai déjà vu, des noyés, commentait le légiste. Les vrais, ceux qui respirent encore quand ils tombent dans l'eau, ils se remplissent d'eau ; ils se vident petit à petit, des heures durant, à chaque fois qu'on les retourne. Celui-ci, que Dieu le prenne en pitié, il ne respirait plus quand il s'est mouillé.

– Quand, à votre avis, s'est-il… mouillé ? insista Aurelio avec une sournoise ironie.

– Ne sent pas encore vraiment la vase. Pas d'algues dans la bouche… a dû seulement passer la nuit.

– Hier soir ?

– Environ.

– Dans la nuit ?

Butiron haussa les épaules.

– En tout cas, il est frais, conclut-il.

Ce n'était pas du tout l'avis d'Aurelio qui avait besoin d'air frais pour réfléchir.

– *Signori*, terminez au plus vite votre rapport conjoint et adressez-le-moi personnellement et en urgence. Il est évident qu'il y aura enquête. Mosca, prenez donc les devants en postant des mouches autour du palazzo Contarini, vous avez suffisamment de gondoliers et de vrais ou faux mendiants pour cela. Puis faites porter ce corps au couvent de *San Zaccaria*, qu'on en fasse une chose présentable. Et silence sur cette affaire car je crains qu'elle doive être traitée avec une extrême prudence.

Sur ces mots, Aurelio tourna les talons, trop heureux de retrouver un air limpide. Par des couloirs et des escaliers étroits, il regagna son bureau, saluant au passage Messer Cartelloni, son secrétaire qui, selon son habitude, se souleva à demi, voulut dire que son travail était achevé, mais se tut, voyant bien que son maître nourrissait d'autres pensées. En effet, contrairement à son habitude, Aurelio ferma sa porte et on l'entendit ouvrir en grand sa fenêtre qui donnait sur la cour intérieure du palais. Il devait faire entrer de l'air froid et humide et Messer Cartelloni craignit aussitôt que son chef prît un écoulement nasal.

Mais le Chancelier avait rangé son mouchoir, tournait le dos à sa table et regardait le vol des mouettes. Évidemment, pensait-il, on songe tout de suite à un meurtre. Mais notre homme n'aurait-il pas pu glisser accidentellement, perdre connaissance, et, un malandrin passant par là, le détrousser et le jeter dans le canal ? Difficile de ne pas songer à une sombre affaire, un assassinat pour voler ou pour autre chose. Bah ! Après tout, ceci est de la compétence des Quaranties criminelles. Seulement voilà : la victime est un Contarini. Grande famille de notables. Chaque génération de Contarini produisait son quota de provéditeurs, gouverneurs, ambassadeurs, princes de l'Église. Girolamo, frère cadet de Pietro, célibataire vivant sous le même toit, enchaînait les postes officiels dont les plus récents dans la marine et à l'arsenal. Et à Venise, qui dit marine dit commerce, donc survie, et qui dit arsenal, a fortiori en temps de guerre, confirme : survie. Total : affaire d'État. Si Girolamo Contarini était mort dans son lit, on y aurait vu la main de Dieu et on aurait admis ce fait dans son oraison funèbre au cours de funérailles grandioses. Qu'il meure dans celui d'une femme, cela ne risquait pas de se passer, puisqu'on savait, sans en faire de bruit, qu'il aimait les garçons. Mais qu'il meure le crâne enfoncé dans le lit d'un canal, cela suscitait une multitude de questions. Et s'il fallait en croire l'histoire que lui avait racontée Giorgione, la plus troublante des questions était celle de savoir ce qu'il allait faire au dehors avec tant d'empressement. Mais sans chercher à creuser déjà les idées qui lui avaient traversé l'esprit, Nicolò Aurelio savait que les faits et le mort étaient assez singuliers pour justifier un traitement extraordinaire.

Il en était là de ses réflexions lorsqu'on cogna à la porte.

– Oui ?

C'était Mosca, porteur du rapport. Aurelio le fit asseoir pendant que lui-même, de l'autre côté de la table, parcourait le texte manuscrit.

– Merci, Messer Mosca. Vous avez bien fait de préciser que j'ai formellement reconnu Ser Contarini.

– Bien que ce ne soit pas vraiment l'habitude…

– Sans doute, mais c'est une heureuse initiative qui nous a évité de le montrer tel quel à sa famille. Je vous en félicite, Mosca.

Le petit homme sec, plissant ses gros yeux malins, répondit par un sourire entendu auquel Aurelio répondit par un hochement de tête car il savait que Mosca avait passionnément besoin de se sentir approuvé pleinement par un chef qu'il pouvait admirer sans réserve et dont il partageait les secrets. Il se sentait ainsi vaguement consubstantiel à un Aurelio et cela l'encourageait dans son zèle. Aussi le Chancelier lui prodiguait-il des marques d'estime autant par courtoisie naturelle que par calcul.

Mosca aussitôt congédié avec égards, Aurelio consulta l'horloge de la cour, revêtit sa toge rouge et, le rapport sous le bras, s'enfonça dans les entrailles du palais. Il espérait bien à cette heure rencontrer un Capo du Conseil des dix, ou un Inquisiteur ou du moins laisser le rapport bien en vue sur la table de l'un de ces messieurs. Il fut heureux : dans l'aile secrète du palais, il rencontra l'honorable Alvise Badoer, Inquisiteur d'État.

L'institution des Inquisiteurs d'État avait été créée après le coup d'état manqué du Doge Falier, cent cinquante ans plus tôt. Elle rassemblait trois hommes reconnus pour leur compétence en matière de droit, pour leur passé au service de la République, l'honorabilité de leur famille et leur intégrité ; ces trois juges suprêmes avaient pour tâche de surveiller le fonctionnement de la chose publique. Tout ce qui concernait la sécurité de l'État était de leur compétence. Moyennant leur accord à tous les trois, ils pouvaient démettre un Doge, exiler un homme ou l'envoyer à la potence. Un tel pouvoir ne s'exerçait que pour six mois, non renouvelables pendant deux ans. Le peuple les appelait les *Babau*, parce qu'ils étaient vieux, redoutés, censés ne plus être en proie aux passions humaines et assez proches de la tombe pour craindre la désapprobation de Dieu.

Alvise Badoer, robe rouge et barbe blanche, avait de longues mains osseuses dont il jouait avec élégance, une lenteur majestueuse, un parler doux et onctueux d'aristocrate, démenti par un œil perçant d'inquisiteur.

– Je vous accorde un instant, un instant seulement, Messer Chancelier. Vous m'en voyez navré, nous tenons conseil dans une demi-heure à peine.

Aurelio jugea qu'il lui fallait moins d'une demi-heure pour remettre en mains propres un rapport important, en dévoiler le contenu et se décharger d'une affaire délicate auprès de l'un des juges suprêmes qui saurait qu'en faire, étant donné que, de toute façon, elle n'était pas du ressort de la haute chancellerie. Mais dès la première phrase, Badoer quitta sa souveraine sérénité.

– Mort, dites-vous ? Ce n'est pas possible !

– Mort dans des circonstances troublantes qui méritent d'être éclaircies, Excellence.

Badoer voulut en savoir plus sans attendre, et comme sa mauvaise vue l'empêchait de lire le manuscrit, Aurelio résuma les faits, texte à l'appui.

– Ainsi donc, conclut le Chancelier, tout cela me semble fort ténébreux et je ne vois que trois possibilités. Messer Contarini est mort à la suite soit d'un accident tragique, auquel a succédé un vol, soit d'un meurtre dans l'intention de le voler, ou dans toute autre intention qui nous échappe encore.

Les mains d'Alvise Badoer se mirent à voleter dans l'air comme deux papillons gigantesques.

– Ce que vous me dites, Messer Chancelier, est bien plus étrange que vous ne le pensez. Car apprenez une chose que vous ignorez encore : feu Messer Girolamo Contarini, dont la disparition brutale nous attriste autant qu'elle nous trouble, nous avait demandé audience et nous nous préparions à le recevoir, à l'instant même où je vous parle.

Ce fut au tour d'Aurelio de redresser le front pour marquer sa stupeur.

– « Nous », fit-il, vous voulez dire…

– Tous les trois. Oh, il m'est arrivé plus d'une fois de répondre à sa demande concernant un point précis à propos des responsabilités qui incombent à sa charge… mais je vous confirme que cette fois, il ne requérait pas mon avis personnel, mais s'adressait à l'institution.

Les deux hommes se faisaient face mais rentraient en eux-mêmes, muets et pensifs. Décidément, tout, dans cette affaire, sonnait grave, et rien n'était accidentel. Badoer souleva sa main, pointait son index vers le ciel, ou plutôt vers la question centrale :

– Qui ne voulait pas qu'une information concernant l'État soit connue de nous ?

– C'est une admirable manière de résumer la question, Excellence. Qui ? En temps de guerre, les réponses sont multiples. Notre ville, qui ne peut se passer de commercer avec la *terraferma*, contient autant d'espions, d'hommes de main possibles que de commis, vachers, pêcheurs, bateliers de toute espèce. Quant à la nature de l'information, il nous suffit de savoir que nous avons besoin de soldats pour défendre nos villes, que les armées ennemies sillonnent les campagnes, et qu'il est toujours important de connaître les intentions de ses ennemis.

– Vous avez raison. Les questions du *qui* et du *pourquoi* sont trop vastes. Peut-être en trouvant le *comment*, trouvera-t-on un fil à tirer. Mais il est l'heure, Messer Chancelier. Mes collègues doivent m'attendre dans notre salle du conseil. Tenez-vous à notre disposition, je vous prie, je vous ferai avertir de notre décision.

Une main sortit de la manche rouge, s'empara du manuscrit, décrivit un quart de cercle et tout le personnage disparut derrière une porte pivotante. Aurelio appela un commis, lui donnant ordre de se tenir dans l'antichambre et d'aller le quérir dès que ces messieurs, sortant de leur conseil, exprimeraient le désir de rencontrer le Chancelier. Puis, dans la satisfaction du devoir accompli, il s'en retourna tranquillement à ses signatures, tout en songeant aux dernières paroles de Ser Alvise Badoer.

C'était un jeu auquel se livraient, jadis, les étudiants de l'école des secrétaires. Il s'appelait *i quattro culi* ; c'était un de ces moyens commodes d'aider la mémoire pour guider dans ses pensées celui qui était chargé de faire le compte rendu exhaustif d'un événement. QQQQCU : *quid, quis, quando, quomodo, cur, ubi.* Ser Badoer avait dû jouer aux mêmes charades. Certes, il convenait de mettre les réponses dans le bon ordre, mais les six questions permettaient toutes sortes de jeux dérivés, par exemple, sachant qui se trouve où, pourquoi, quand et comment a-t-il fait quoi... On finissait toujours par trouver un amant caché nu sous un lit au petit matin, et on ne précisait jamais pourquoi. Et pourtant, le pourquoi, Aurelio, philosophe d'âge mûr, savait que c'était le ressort de toutes les conduites humaines. Qui connaissait les mobiles d'un homme pouvait généralement induire sa conduite. Et il savait aussi que les mobiles les plus profonds s'appellent des passions et que les passions, après tout, ne sont pas si nombreuses. Mais il en revenait à l'affaire Contarini et appliquait les quattro culi en les mettant déjà dans un certain ordre : Quid : la mort troublante d'un patricien. Quand : à la tombée du jour ou la nuit. Où : *rio di San Luca*, sous un pont à hauteur de l'église. Qui : à trouver. Comment : pas de réponse précise et il ne croyait pas, comme le pensait Badoer, qu'une quelconque précision sur le comment apporterait beaucoup de clarté à l'énigme. Mais pourquoi : là est la clé de tout, *Signor Inquisitore*. Cependant, tout cela n'était qu'un jeu, étant donné qu'un Chancelier n'avait pas pour mission de résoudre des affaires criminelles.

Quand Aurelio, regagnant son bureau, passa à côté de Messer Cartelloni, celui-ci, apercevant l'habit rouge, se souleva un peu plus haut et fut heureux d'entendre son chef déclarer son intention d'admirer et de signer son travail. Le Chancelier s'était assis à sa table, tournait les pages, vérifiait minutieusement les minutes calligraphiées, appliquait son paraphe au bas de chaque page. Octobre 1510. La Ligue de Cambrai s'était dissoute, la sauvagerie des envahisseurs Français avait retourné contre eux toute l'Italie, et avec elle l'Empereur Maximilien, qui ne se sentait pas assez payé, ayant reçu Vérone, ainsi que le Pape Jules II, celui-là même qui avait appelé Louis XII dans la plaine du Pô. Venise se trouvait associée à une nouvelle coalition d'intérêts, basculait dans l'alliance du Pape qui hier l'avait excommuniée. C'était bien la peine de brandir tant de foudres contre une cité regorgeant d'églises. On se retrouvait du côté des Espagnols : le blé pouvait revenir de Sicile, cela valait bien de rendre ses salins au Pape. L'ambassadeur auprès du Saint Siège recevait de nouvelles instructions.

Deux coups frappés à la porte restée ouverte tirèrent Aurelio de sa lecture. C'était le commis laissé en poste dans l'antichambre des Inquisiteurs.

– *Signor Cancelliere*, on vous demande…

Messer Cartelloni soupira : ce n'était pas aujourd'hui qu'il pourrait faire suivre ses documents à la salle des copistes. Mais Aurelio soupirait aussi : il détestait être interrompu dans un travail.

Les trois inquisiteurs attendaient à l'endroit même où ils avaient délibéré, autour d'une table supportant deux chandeliers, un crucifix et un exemplaire des évangiles, instruments de travail de ceux qui exigent des serments. Aurelio se courba devant tout cela.

– Messer Chancelier, dit Alvise Badoer, vous avez exactement mesuré la gravité de l'événement dont vous nous avez fait part. La mort d'un homme introduit dans les secrets de l'arsenal, survenue en de telles circonstances, constitue une affaire à ne pas remettre entre les mains des Quaranties criminelles. Elle demande trop de doigté, peut-être même des procédés qui ne sont pas dans les habitudes de cette juridiction. Me suis-je fait comprendre ?

– À merveille, Excellence.

– Possédez-vous des hommes de confiance ?

– J'ai formé Ser Mosca ; Ser Cartelloni est toute discrétion.

– Bien. Nous annoncerons à Ser Pietro Contarini la mort accidentelle de son frère Girolamo. Les instances officielles de notre ville se joindront comme il se doit aux funérailles organisées par la famille. Quant à vous, vous êtes chargé dès aujourd'hui d'enquêter sur cette affaire. Vous vous donnerez les moyens nécessaires ; vous avez la liberté de toute initiative et s'il le faut, vous laisserez les affaires courantes à vos meilleurs adjoints. Introduisez des oreilles à l'arsenal, écoutez, rassemblez le résultat de vos observations. Nous sommes sûrs que votre jugement, votre discrétion et le niveau de vos relations apporteront bientôt des lumières sur ce malheur. Vous ferez rapport de vos découvertes soit à l'un d'entre nous, soit au Conseil des Dix, soit au Doge. Nous nous chargeons d'avertir ces autorités de la mission extraordinaire qui vous est confiée.

Les mains d'Alvise Badoer s'ouvrirent en direction de ses collègues, son beau visage de vieillard se tourna vers l'un puis l'autre collègue, c'était une façon de les inviter à ajouter quelque chose. Mais il était clair que tout avait été dit.

Un long éclair de malice traversa le regard d'Andrea Mosca, quand Nicolò Aurelio lui annonça qu'ils étaient une poignée, –dont lui !– à Venise, à ne pas croire tout à fait à la version officielle concernant la mort de Ser Girolamo Contarini. Le sbire ne ménagea pas ses marques d'approbation lorsqu'il apprit que, étant donné la qualité des personnes concernées, l'enquête échappait aux Quaranties criminelles qui ne le considéraient guère, mais était confiée à son chef, dont il se sentait le meilleur allié, le rempart, l'auxiliaire et, quasiment, ses oreilles, ses yeux, et peut-être une partie de son cerveau.

– Je vous vois enthousiaste, Mosca, et je vous en félicite, mais modérez-vous. Il reste bon que nous soyons deux. Vous-même aurez soin de vous faire aider comme vous avez commencé à le faire en postant des mouches autour du palazzo Contarini. Faites de même à l'arsenal autour du bureau et des gens que Ser Girolamo y employait. Je veux tout savoir sur cet homme. Mais il me faut de la discrétion. Et puisque vous aimez les images, je vous suggère de vous munir de vingt yeux, de mille oreilles, d'assez de cervelle pour contrôler tout cela, mais je ne vous rendrai votre langue qu'en ma présence.

3 : LE NUAGE DE MAESTRO TABELLI

Même le ciel avait mis une tenue de circonstance : il était gris et bas, si gris et si bas que la place Saint-Marc semblait illuminée par le cortège funèbre et ses innombrables feux. Il s'étirait de *San Zaccaria* à *San Paterniàn*. La *Scuola vecchia della misericordia* à laquelle appartenait le défunt était au grand complet. En tête de cortège, elle déployait ses gonfalons, ses porteurs de torches, avait battu le rappel aux dizaines de prêtres qui défilaient sous les couleurs de leur congrégation, leur chandelle à la main. Pour Ser Contarini, conseiller à l'arsenal, des centaines de marins et d'*arsenalotti* avaient quitté les chantiers et les torches éclairaient le chemin du patricien, comme pour guider son âme engagée dans les sombres couloirs des enfers. Ser Girolamo Contarini, pour la dernière fois, traversait Venise. Couché dans un splendide cercueil hissé sur les épaules de huit *galeotti*, bercé au rythme solennel de leur pas cadencé, il était exposé aux regards, vêtu de drap d'or ; ses beaux cheveux s'échappant d'un bonnet de velours cramoisi flottaient autour de son visage pâle. Dans le cortège, seuls les domestiques en grand deuil formaient un îlot noir car après eux venait une foule de frères lais en aube, un cierge à la main, chantant des psaumes repris en chœur par les rangs d'enfants des hospices. Le minuscule campo San Paterniàn ne put contenir tant de monde. Le glas sonné par la cloche aigrelette du vieux campanile battait la mesure de la lente procession qui se répandit dans le quartier. Ne purent pénétrer dans l'église que les groupes qui entouraient le cercueil : domestiques et gens de l'arsenal.

Nicolò Aurelio, revêtu de sa robe rouge, occupait l'un des premiers rangs de ceux qui avaient déjà pris place à l'intérieur de l'église : famille et officiels. La famille, il la connaissait : Ser Pietro entouré de ses deux fils, neveux du défunt, Ser Tommaso, son cousin, qui habitait un palais dans le *Castello* ; quelques femmes disparaissant sous des voiles noirs, sœurs, belles-sœurs, nièces, quelques jeunes gens dont un bellâtre venu seul après tous les autres. Ses yeux glissèrent sur lui, mais il ne s'attarda pas aux signes que lui faisaient son instinct, car d'autres personnes entraient, se regroupaient, se rangeaient. Des chapelains, des diacres se précipitant à la rencontre de personnages importants, les escortant jusqu'aux sièges qui leur étaient réservés. Il observait ce ballet de cérémonie. Soudain, il reconnut parmi les prêtres en surplis celui qui figurait sur le tableau de Giorgione : une de ces têtes de sacristie, dont le crâne chauve était une exaltation de la tonsure. Son visage exprimait une amabilité un peu servile. Lorsqu'il se mettait en attente, il joignait les mains sous son étole noire et surveillait le chœur des chantres massés de l'autre côté de la nef, le nez sur leur partition. Aurelio dénombrait les personnalités présentes : au sommet de la nef, celles de l'arsenal au grand complet, provéditeurs à l'armement, à l'artillerie, patrons, capitaines ; puis venaient les provéditeurs du commun, magistrats de justice, provéditeurs aux armées, surintendants au blé, au sel, magistrat aux eaux, à la santé, provéditeurs généraux... Ils formaient des rangées de toges noires. Dans le chœur de l'église, les stalles regroupaient les procurateurs de Saint Marc en toge pourpre bordée d'hermine ; en face d'eux, le haut clergé se rassemblait autour d'Antonio Contarini, patriarche de Venise, de Domenico Grimani, patriarche d'Aquilée, et du nonce du Pape, Monseigneur Mazzoni. Le ballet des officiants était bien réglé. Autour du prêtre en chasuble noire, les diacres maniaient encensoirs, clochettes et goupillons. Les chantres de l'église avaient remplacé les frères lais qui, après s'être époumonés au dehors, s'égaillaient à présent, faute d'emploi. Les cantiques tombant des voûtes romanes avaient plus d'ampleur et d'unité. *Dies irae, dies illa, solvet saeculum in favilla...* Aurelio se laissait aller à la magie de l'encens et des chants. En voyant le moine chauve de Zorzi se courber devant le Nonce, il pensait à la bulle du Pape qui, un an plus tôt à peine, excommuniait du sein de l'Église la ville entière et chacun de ses citoyens, parce que le Pape Jules II voulait récupérer les bénéfices de ses salins de Cervia et Ravenne. Monseigneur Mazzoni, à l'époque, n'aurait pas accordé la moindre prière à l'âme de l'infortuné Girolamo Contarini. Mais ce temps était passé et à présent, Monseigneur Mazzoni, qui était de petite taille mais avait le geste élégant, élevait volontiers sa main soit pour bénir, soit pour présenter son anneau.

Après avoir prié pour l'âme du défunt, on irait dans l'après-midi à *San Marco* plaindre et réconforter les survivants de sa famille. Le lendemain, le notaire leur distribuerait les biens du défunt puis chacun retournerait à ses occupations. Le dernier acte se déroulerait le dimanche suivant, lorsque le Grand Conseil élirait un nouveau Conseiller à l'arsenal. Puis Girolamo Contarini entrerait dans l'oubli. Ainsi va la vie des hommes.

Mais Nicolò Aurelio avait reçu une mission qui devait en quelque sorte prolonger de manière secrète la présence du trépassé. Aussi commença-t-il par se rendre le lendemain à la cérémonie d'ouverture du testament. Dans l'aristocratie vénitienne de cette époque, l'ouverture d'un testament était considérée, à l'instar de la naissance, du mariage et de la mort, comme un acte public. Et ils étaient nombreux, ceux qui entraient en ce moment dans la cour intérieure du palazzo Contarini de *San Paterniàn*. Nicolò fut d'abord ébloui par la majesté spectaculaire de la façade toute neuve que Ser Pietro avait offerte à sa vieille demeure gothique. Il ne s'était pas contenté de souligner chaque étage d'arcades byzantines de marbre blanc ; il avait fait construire un escalier extérieur ajouré, cylindrique, garni des mêmes arcades qui montaient à l'assaut de l'édifice et se terminaient en dôme surplombant une plate-forme dont la hauteur devait rivaliser avec le campanile de San Marco. En somme, tout cela ne contenait qu'une seule idée architecturale, répétée jusqu'au vertige que l'on prend en tournant sur soi-même comme un derviche. A Venise, se dit Aurelio, la richesse des uns, ajoutée à l'imagination des autres, faisait faire de surprenantes surenchères de folies.

Il s'engagea dans l'escalier, pénétra dans la grande salle de bal de l'étage noble, échangea des saluts avec un grand nombre de personnes déjà présentes. Une grande table avait été dressée face à l'assistance. Ser Tabelli, le notaire de la famille, attendait, flanqué d'un secrétaire, assis devant une enveloppe cachetée à la cire rouge. Aux premiers rangs de ce que, s'il s'était agi d'un spectacle, on aurait appelé le public, se tenaient les membres de la famille, en grand deuil comme la veille au défilé des condoléances. Salutations. Venaient ensuite tous les domestiques de la maison, puis les représentants de la *Scuola vecchia della misericordia* parmi lesquels Aurelio reconnut et salua leur officier du trésor et leur secrétaire. Il reconnut aussi des têtes entraperçues la veille à la cérémonie de *San Paterniàn*, et notamment le prêtre à tête de moine de sacristie, assis à côté du jeune clerc qui jouait de l'orgue sur le tableau de Giorgione. Le regard du jeune homme exprimait naturellement une tension intérieure, sans doute une angoisse permanente de connaître ou d'aimer le péché. Derrière eux, venait une poignée de gens du peuple, fournisseurs, clients, tous gens qui avaient eu peu ou prou quelque commerce avec le défunt. Nicolò reconnut parmi eux le jeune homme un peu fat qui s'était avancé hier à l'église jusqu'à la lisière des rangs familiaux. Un visage lisse, presque féminin : le troisième personnage du tableau de Giorgione. La surprise d'Aurelio fut de courte durée : après tout, quoi de plus naturel qu'un tableau peint au palazzo Contarini représente ceux qui y avaient leurs entrées, et que les mêmes assistent à l'ouverture du testament ? Après un tour d'horizon tous sens à l'affût, Aurelio découvrit dans une embrasure de fenêtre un fauteuil vénérable que les valets avaient oublié de ranger et dont personne n'avait osé s'emparer. Au risque d'afficher sa singularité, Aurelio s'y installa avec naturel, comme si sa qualité de Chancelier gardien du livre d'or de l'aristocratie lui donnait droit à ce confort exclusif. Or, l'emplacement lui donnait surtout une vue générale sur l'assemblée. La pensée le traversa que Ser Pietro Contarini pouvait bien construire des escaliers dans des tours qui dominaient Venise, on n'y voyait moins de là haut que lui-même s'apprêtait à le faire depuis la lisière d'une salle où l'on procédait à l'ouverture d'un testament. Et il observait les visages attentifs, un peu tendus, les silences respectueux ou la légère inquiétude qui réduisait les voix à des chuchotements.

Un majordome s'en alla vérifier que toutes les portes donnant accès à la salle depuis la *calle* ou le *rio* étaient restées ouvertes, puis il actionna la clochette en même temps que retentissait la cloche du monastère tout proche de *Santo Stefano*. La voix de Ser Tabelli s'éleva dans un silence sépulcral.

– *In nomine Christi*, entonna-t-il avec solennité en faisant sauter le cachet de cire.

Mais la suite, débitée sur un ton monotone attestait que Ser Tabelli s'acquittait là d'une besogne de routine.

– Les lois de notre République m'imposent d'ouvrir aujourd'hui le testament de Messer Girolamo Contarini, déposé entre mes mains le 9 de juillet 1505, et d'en donner lecture publique.

De sa place d'observateur, Aurelio ne perdait pas un frisson de l'assemblée. Et justement, il remarqua la stupeur qui durcit soudain les traits du bel adolescent. Le prêtre de *San Paterniàn* se pencha vers son voisin qui gardait la tête penchée, le front dans sa main, immobile dans sa posture de coupable ou de moine en prière. La lecture se poursuivait. Le notaire égrenait sans émotion les phrases consacrées, pleines d'effroi, que Girolamo Contarini avait rédigées dans une projection de l'instant de sa mort : un appel à la miséricorde de Dieu pour les péchés de la vie humaine, mal rachetés toutefois par quelques bonnes actions, quelques affections que le défunt s'apprêtait à récompenser par l'octroi de ce qu'il abandonnait en passant dans l'autre monde. Les oreilles se tendirent. À mon frère, qui toute ma vie m'a concédé dans son cœur et dans son palais la place d'un frère... À mes neveux, que je peux considérer comme les fils que je n'ai pas eus... À mes nièces, pour contribuer à leur constituer une dot... À la *Scuola vecchia della misericordia,* qui assure dans la ville l'aide aux malheureux, pauvres et malades qui ont prié et prieront pour le repos de mon âme... À la paroisse de *San Paterniàn...* À Egidio Sambocca... À Gianni, Bertuccio, Carlo... mes bons valets qui ont veillé sur ma personne... À Gigi de Montebelluna, qui me combla de son affection... Et que tous ceux que je viens de nommer me gardent dans leur souvenir et ne m'oublient pas dans leurs prières, amen.

Des sommes considérables venaient de changer de mains. Quelques menus objets, aussi. Ce testament était moralement correct : les biens restaient dans la famille du frère, les neveux avaient une avance sur leur part ; les nièces évitaient le couvent ; les *scuole* de bienfaisance n'avaient pas été oubliées, de même que la paroisse, les domestiques et un certain Gigi de Montebelluna affectueux et sans doute un peu plus. L'approbation, le soulagement se lisaient un peu partout. Des sourires apparaissaient déjà parmi les larmes. On entendit un gloussement, une sorte de sanglot. Le jeune homme bellâtre s'était levé précipitamment, disparaissait dans l'escalier à vis.

Aurelio en avait vu assez. Il se levait à son tour, s'apprêtant à se diriger vers Pietro Contarini et les siens avec des félicitations à peine cachées derrière un dernier hommage à la générosité du disparu mais il fut arrêté par le secrétaire du notaire.

– Signor Chancelier, mon maître vous demande de ne point vous éloigner qu'il ne vous ait entretenu d'une chose qu'il a à vous dire.

– À moi ? fit Aurelio étonné.

– À vous, confirma le messager.

Mais l'étonnement d'Aurelio fut de courte durée car il se dit que malgré le déroulement ordinaire des dernières journées et particulièrement des cérémonies de deuil, il n'en restait pas moins un gros mystère qu'il n'était peut-être pas seul à deviner et vouloir élucider.

Il s'approcha pour la deuxième fois en deux jours des membres de la famille Contarini et le fit avec une attention accrue concentrée sur les proches. L'enveloppe extérieure des êtres délivre des messages différents selon l'éclairage dans lequel ils baignent. Hier, il avait vu des personnes frappées par un coup inattendu ; aujourd'hui, il voyait les mêmes, ayant hérité de façon très attendue, donc rassurante. Les images terrifiantes du *dies irae* s'étaient envolées en fumée sous l'apparition bien concrète de l'argent. Cela apaise. Le frère Pietro affichait une digne componction ; la Signora, son épouse, avait l'œil sec et une de ces voix qui, même en murmurant, trahissent tantôt l'aigreur de la désapprobation, tantôt la jouissance du commandement. Les deux fils imitaient leur père à la perfection, parfaitement opaques, comme doivent l'être les organes de la Sérénissime ; quant à la jeune fille, frêle et pâle créature comme ces rosiers destinés à mourir en pot dans les chambres, elle semblait en permanence aspirer à l'air pur et à la lumière du ciel. Aurelio rangea dans l'escarcelle de sa mémoire les enveloppes assez grises de ces personnages. Et, puisque Maestro Tabelli désirait le voir, il se réservait d'interroger le notaire de la famille qui les lui montrerait peut-être sous d'autres couleurs.

En attendant, le public quittait la salle, s'engageait dans l'escalier à vis, refluait, qui vers le passage menant à l'embarcadère, qui vers le portail de la cour ouvrant sur la *calle*. Aurelio ralentissait le pas, échangeait quelques mots avec des personnes de sa connaissance venues le saluer. Il dénombrait les tours qu'il fallait faire sur soi-même avant de contempler les toits de Venise du haut du dôme de l'escalier quand apparut le notaire.

Maestro Tabelli, tout de noir vêtu, était un petit homme maigre et tendineux, un peu semblable à Mosca, avec des yeux moins saillants et un visage plus parcheminé, plus pâle, comme si la fréquentation des archives et du *codex legis* entraînait un quelconque transfert de propriétés de la matière morte à la matière vivante. Pour lire, il couvrait ses yeux de ces verres grossissants fabriqués à Murano et reliés par une ferraille qui les faisait tenir tant bien que mal en équilibre sur son nez. Lorsqu'il ne lisait pas, il s'enfonçait au jugé dans un flou d'où sortaient parfois des êtres qu'il reconnaissait surtout par la voix, après les avoir appelés par leur nom.

– Excellence ?

Certes, le mot était un peu vague et dans le voisinage des Contarini, plusieurs personnes pouvaient répondre à un tel appel.

– Signor Aurelio ? Signor Chancelier ?

– Me voici, Maestro Tabelli. Selon votre vœu, je vous attendais.

– Ah, pardon de vous avoir fait attendre, mais il fallait parachever mon travail. Éloignons-nous un peu, s'il vous plaît.

Il marchait d'un pas pressé, sautillant, le dos arrondi sur son porte-documents de cuir comme s'il s'agissait d'un nouveau-né à protéger. Son secrétaire, porteur de l'écritoire et des encres, lui emboîtait le pas. Dès qu'ils furent à quelque distance du palazzo Contarini, le petit homme s'arrêta, tourna la tête en tous sens, s'assura que, dans son nuage, aucune ombre ne semblait s'agiter et que la silhouette imposante et protectrice du Chancelier restait à ses côtés.

– Étrange, Messer Chancelier. Vraiment étrange.

Aurelio tendit l'oreille car le notaire parlait bas.

– Comme disait le Christ au Golgotha, maintenant que tout est consommé... que ce qui est écrit s'est réalisé... que l'alliance nouvelle est établie... Nous devrions comparer l'ancien et de nouveau testament, voyez-vous ? Il me semble que votre présence lors de l'ouverture me prouve assez qu'il existe... des passages obscurs, cela même qui vous pousse à venir ici, je présume... Mais, me direz-vous, ce n'est ni l'heure ni le lieu. Le mieux serait que nous nous rencontrions à mon étude... Serviteur... Il y a chez moi un document dont je voudrais vous parler, concernant feu Messer Girolamo Contarini.

Aurelio avait toujours su trouver le fil au milieu des discours confus. C'était un peu son travail de routine lorsqu'il suivait certains débats du Conseil des Dix. Mais Maestro Tabelli devait ajouter à la confusion de sa vue celle de son langage. Après tout, en présence de la mort, l'esprit oscille toujours entre le divin et le temporel.

Tout en fixant le rendez-vous, Aurelio se dit qu'il entrait à son tour dans un nuage de confusion.

4 : DES SECRETS DE FAMILLE

Maestro Tabelli habitait une maison étroite derrière *San Luca*. Couloirs ténébreux, pièces tapissées d'armoires de bois foncé où la lumière rare filtrée par les fenêtres à résilles de plomb ne relevait que l'éclat jaune des plaques de cuivre numérotées. Maestro Tabelli ne vivait pas dans un nuage flou, mais dans une brume sombre.

Le commis avait ordre de ne pas faire attendre le Chancelier. Quand les cloches des couvents de *Santo Stefano* et de *San Salvatore* sonnèrent avec leur léger décalage ordinaire l'office de tierce, Maestro Tabelli, les lorgnons en équilibre sur le nez, venait de poser devant lui sur sa grande table une chemise en carton gris. Presque en même moment, la porte s'ouvrit sur le couloir obscur d'où émergea une silhouette noire.

— Son excellence le Chancelier Aurelio, fit la voix du commis.

Maestro Tabelli se leva, se plia à angle droit, ce qui fit tomber ses bésicles, désigna dans son nuage de brume l'ombre d'un siège, tout en débitant un compliment où il se reprochait d'avoir forcé son Excellence à venir jusqu'à lui au lieu d'aller jusqu'à elle. Mais les circonstances...

– Elles dirigent nos actions, Maestro, lança Aurelio en s'asseyant.

Maestro Tabelli s'assit à son tour puis se lança dans des considérations générales, une bonne entrée en matière. Il évoqua la digne beauté des obsèques, souligna la noblesse des discours, en commenta certains passages remarquables, puis passa aux soupirs. Ser Girolamo Contarini... Une si grande famille, si riche, si utile à l'État, au commerce de la Cité, si fidèle à la Religion... Un malheur, certes, cet accident au bord du canal, mais un malheur qui ne laissait pas de surprendre puisque l'heure... Non seulement celle de l'accident, mais celle de son rendez-vous avec son notaire...

Aurelio nota, sans relever. Les notaires sont omniprésents dans la vie des riches patriciens. Maestro Tabelli rechaussa ses bésicles. Voyait-il mieux derrière ses loupes le visage impassible d'Aurelio qui écoutait avec patience, à l'affût d'un mot intéressant, d'un indice, d'une distraction ? Les bavards mal à l'aise ont la pensée mal assurée et parfois de leur langage chancelant s'échappe une vérité bien solide. Et Aurelio, qui observait sur le visage de l'homme les reflets de ses pensées, était à présent coupé du langage de ses yeux à cause de l'écran dérangeant de ces loupes qui donnaient au notaire un visage de lémure, un de ces êtres dont parle Paracelse, à forme humaine mais dépourvus d'âme, qui respirent hors les éléments, qui vivent dans l'ombre et viennent au monde comme des insectes formés dans la fange.

– Signor Chancelier, disait le lémure, un notaire qui aide à écrire un testament devient un confesseur. On fait appel à lui au moment où l'on pense à sa mort, se retourne sur ce qu'a été sa vie et réfléchit déjà à ce qu'on répondra au tribunal de Dieu. Un notaire de famille ne connaît pas seulement le secret des êtres –leurs amours, leurs haines, leurs peurs, leurs erreurs de jeunesse et leurs maladies... leurs désirs secrets... leurs penchants contre nature...– mais il accède aux secrets des familles, aux rapports entre les individus d'une même lignée –car même ceux que l'on rencontre, magnifiques et orgueilleux sur la *piazza*, entretiennent parfois sous leur toit des passions brûlantes qui les font haïr père, mère, frères, enfants. Ils se prennent par les bras *per piazza*, mais hors de nos yeux, ils complotent et s'entretuent... Et les passions... Les passions sont des poisons qui circulent, s'inoculent, se transmettent parfois par le sang, comme la lèvre fendue ou l'échine torse.

Aurelio acquiesçait avec patience. Il lui semblait que Maestro Tabelli détachait certaines bribes de phrases, mais il était toujours impossible de deviner ce que cela pouvait signifier dans sa cervelle de lémure.

– Voyez ces armoires, poursuivait l'insecte, actionnant le bras sans tourner la tête, désarticulé comme une phalène prise dans une toile d'araignée, vous n'en trouverez pas une qui ne contienne la trace de quelque animosité, rivalité, exécration, malédiction, hostilité, ressentiment, malveillance, aversion, répulsion, rancune, désobligeance, méchanceté, fureur, emportement, acharnement … de quelque dépravation, déraison, perversion… de quelque désarroi, égarement, aussi… Appréhension, inquiétude, peur, épouvante… Et puis enfin, comptez, Signor Chancelier, ce que l'argent suscite dans les conduites humaines. Ce que la cupidité, l'ambition, la vénalité, la rapacité, la lésine, l'envie… la concupiscence…

– Certes, Maestro Tabelli. Vous n'apprendrez pas à celui qui assiste tous les jours aux débats internes concernant la conduite de la Cité quels débats internes connaissent les groupes qui la composent.

– Mais l'argent, Excellence, l'argent qui corrompt tout et qui tombe au moment de la mort d'un homme comme une manne gratuite… sur celui qui n'a rien fait pour le mériter… que de naître dans une famille d'argent…

– Ainsi sont faits les hommes, Maestro, soupire Aurelio. Mais on n'emporte pas sa fortune dans l'autre monde.

Nicolò espérait, par cette idée générale, mettre fin aux logorrhées notariales. Il n'en fut rien. Celui-ci, ramenant sa patte d'insecte, se penchait en avant, s'accrochait avec conviction.

– Erreur, Signor Chancelier, erreur ! Ne savez-vous donc pas que l'argent bien placé dans les caisses des *scuole* et les troncs des églises diminue les peines du purgatoire ? Il faut y penser avant de tester !

Bien sûr, Aurelio avait entendu comme tout le monde les prêches dans les églises. Et comme beaucoup, s'était demandé si la conduite du troupeau de Dieu ne pouvait se faire sans faire appel à des moyens aussi dangereux. Mais les bergers étaient aussi des hommes et il ne voulait pas relancer Maestro Tabelli sur des terrains écartés et minés.

– Certes, Maestro. Mais dites-moi à présent ce que vous aviez à me révéler concernant Ser Girolamo Contarini.

– Ah, Messer Contarini était un homme de bien, dit le notaire en revenant enfin à ses feuillets. Il vénérait Dieu et la Religion plus qu'aucun autre. Vous me direz que le diable lui avait mis au cœur la passion qui conduit à la pratique abominable, mais, s'il s'y adonna parfois, il s'en éloigna comme il put et s'en repentit.

Aurelio s'impatientait. Il était temps d'user de son autorité.

– Que Dieu le reçoive en son paradis, Maestro, dit-il sèchement. Mais je vois devant vous un document notarié. Me direz-vous qu'il s'agit là d'un document que vous nous cacheriez ?

– En effet, Signor Chancelier, c'est un autre testament, déclara le notaire. Mais je ne puis le produire, puisqu'il y manque la signature du testateur. Messer Contarini eut son accident sur le chemin de mon officine.

Les yeux du lémure observèrent le sursaut de son observateur.

– Vous voulez dire que Ser Contarini avait rendez-vous ici le jour de sa mort, dans le but de signer un autre testament ?

– Je veux vous dire, Excellence, que Ser Contarini avait rendez-vous ici le 16 octobre à vêpres, que je l'ai attendu en vain et que j'appris le lendemain qu'il était mort en chemin.

Aurelio eut la pénible impression de rejouer une scène déjà vécue avec Ser Alvise Badoer dans l'antichambre des Inquisiteurs. Stupeur. Trop de coïncidences. Et Maestro Tabelli, qui l'observait derrière ses loupes et semblait l'interroger, n'était pas en mesure d'évaluer dans quel sac de nœuds il mettait le pied à son tour. Pour l'alourdir encore. Il semblait même content d'avoir noyé l'irritation de son visiteur dans un océan de perplexité.

– Souhaitez-vous que je vous le lise in extenso ? nasilla-t-il avec un petit sourire qu'Aurelio trouva particulièrement déplaisant.

– Vous m'avez appelé pour cela, Maestro. Je vous écoute, répondit Aurelio glacial.

A l'âge qu'avait le Chancelier et dans sa position, il avait déjà plus d'une fois assisté à des revirements, qu'ils fussent de cœur, d'opinions ou de stratégie. Les alliances successives de Venise faisaient partie de ce genre d'errances. Mais le dernier testament de Girolamo Contarini avait tout du reniement, du retournement de l'espion, de la conversion du pécheur. Passées les formules pieuses que le notaire avait déjà paraphrasées en bribes éparses, il était clair que la fortune de Girolamo Contarini irait presque entièrement aux œuvres pieuses, à la *Scuola vecchia della misericordia,* à la paroisse de *San Paterniàn,* avec une sorte de dédommagement consacré à Sandro Vascarelli originaire de Vicenza, demeurant dans la paroisse de *Sant'Aponal* dans le *sestiere de San Polo.* Le jeune homme recevait plus d'argent que n'en avait mérité cinq ans plus tôt Gigi de Montebelluna, et si, comparé au reste des biens, il s'agissait de peu de chose, c'était, pour un garçon issu du quartier des donzelles, une petite fortune. Restaient intouchés les menus dons aux valets et clients et une curieuse libéralité en faveur de sa nièce, à condition qu'elle entre au couvent.

Aurelio en demeura muet et cette fois, le notaire le laissa penser. Que s'était-il passé, dans la tête de Girolamo Contarini pour qu'il déshérite son frère et ses neveux au profit des œuvres de piété ? Il était temps d'extraire du lémure cet autre éclairage de l'enveloppe extérieure des gens. Que se passait-il dans l'enveloppe étanche du noyau familial Contarini ?

— Quels étaient ses rapports avec la famille de son frère ? questionna Nicolò au bout d'un moment.

— Eh, ne vous ai-je pas dit, Signor Chancelier, que l'on rencontrait *per piazza* des personnes admirables dans leur habit, magnifiques et orgueilleux, mais qui entretiennent sous leur toit des passions brûlantes qui les font haïr leur père, leur frère…

— Si, si, interrompit Aurelio avec impatience. Mais était-ce le cas des frères Contarini ?

– Eh, Signor Chancelier, ne vous ai-je pas dit qu'un notaire est comme un confesseur ? Aussi bien me faites-vous violer les secrets de la confession.

Cette fois, Aurelio faillit exploser. Le tabellion s'apprêtait-il à monnayer ses informations ? Usant d'autorité, le Chancelier abattit sa main sur l'accoudoir du fauteuil, haussa le ton, ponctua :

– Ne confondons pas tout, Maestro. Vous n'êtes pas un prêtre tenu par le droit canon, mais un scribe mandaté par l'État pour établir des actes. Et considérez que moi, Grand Chancelier de la République, suis à l'État ce que le Pape est à Dieu. Avez-vous besoin d'une bulle de chancellerie pour vous délivrer du secret notarial ? Allons, parlez ! C'est un ordre.

Sous ce coup direct et le regard rouge de celui qui commandait à la corde, le lémure ôta ses lunettes, réfléchit un instant, se lança :

– Signor Chancelier, une famille est une famille. Les frères s'entendaient assez, je pense, mais la Signora Elvira, l'épouse de Ser Pietro, souffrait mal la présence de son beau-frère sous son toit. Certes, Ser Girolamo avait son entrée privée, ce qui évitait les rencontres, mais je crois franchement que les mœurs de Messer Girolamo n'étaient pas du goût de Donna Elvira…

– Et les deux fils ?

– Justement, à cause des deux fils.

Pour toute réponse, Aurelio émit un grognement.

– Quels étaient les rapports des deux fils avec leur père ?

— Je ne crois pas qu'ils fussent fort fréquents. Les fils avaient leurs précepteurs choisis par Donna Elvira. Donna Elvira dirigeait la maison. C'est elle qui décida d'envoyer ses fils à Padoue.

— Et la jeune fille, dans tout cela ?

— Oh, la jeune fille... un vrai ange du ciel. Douce, discrète, assise à sa fenêtre, brodant en chantant des cantiques... On ne la voyait au dehors que sur le chemin d'une église. Sa mère travaillait à un mariage avec les Mocenigo ou les Trevisan, mais pour donner des couleurs attrayantes à la jeune fille...

Il fallait dorer sa dot. Classique. Sur ce point, les observations de Maestro Tabelli confirmaient celles d'Aurelio. Dans la fermentation permanente du cocon familial, il était clair que Donna Elvira apportait la détermination, donc la contradiction, et par conséquent l'affrontement.

— Parlez-moi de Donna Elvira.

— Donna Elvira ? C'est une Gritti ! s'exclama le notaire comme si cela expliquait tout. C'est moi qui ai établi son contrat de mariage. Sainte Vierge ! Avez-vous jamais vu les Gritti faire de mauvaises affaires ? Je vous parlais des familles d'argent... Donna Elvira abhorrait le train de son beau-frère... Honnissait les gitons qui pouvaient à tout moment s'introduire dans les appartements et qu'elle qualifiait de mangeurs de fortunes. Or, Donna Elvira espérait marier sa fille avantageusement.

— Je comprends, dit Aurelio. Mais la jeune fille est tentée par la dévotion. Elle s'entendait bien avec son oncle ?

Maestro Tabelli haussa les épaules. Que peut-on dire d'une fille qui brode en chantant des cantiques au retour de la messe ? Cela garde ses secrets, cela semble docile. Est-ce que cela pense, en somme ? Et si cela rêve, ce ne peut être qu'au paradis.

– Les deux fils… Vous ne m'avez point répondu.

– Aucun vice apparent de la jeunesse, Excellence. Absents. À Padoue.

– D'autres gens étaient-ils des habitués du palais ?

– Ser Girolamo parlait souvent de Don Lazzaro de la paroisse de *San Paterniàn*. Ce devait être son confesseur. Il y avait aussi quelques artistes pour l'embellissement des salles. Giorgione venait souvent s'occuper de la jeune signorina. Donna Elvira pensait que la présence de Giorgione rendrait à la jeune fille le goût du monde. Il lui donnait des leçons de viole et faisait son portrait. Et puis, il y avait aussi les banquiers Strozzi, évidemment.

– Et vous, Maestro.

– Et moi, Signor Chancelier, confirma le notaire. Dans des maisons comme celle des Contarini, l'argent et les affaires nécessitent souvent la présence d'un banquier et d'un scribe dresseur d'actes, mandaté par la République.

Aurelio ignora la pointe. Il en avait assez entendu et ne voulait pas donner à Maestro Tabelli l'occasion d'affirmer encore son cynisme en se répandant en considérations générales sur les conduites humaines et le contenu de ses armoires. Il se leva.

– Je vous remercie, Maestro. Il va de soi que tout ce qui s'est dit ici doit rester secret. Moi seul vous autoriserai à détruire ce document, à répéter vos paroles et à violer ce que vous appelez le secret de la confession.

Et, se drapant dans son manteau noir, il se dirigea vers la porte. Maestro Tabelli avait déjà bondi sur ses pieds, se précipitait pour reconduire son visiteur. Mais celui-ci, se ravisant, fit soudain volte face tandis qu'il enfilait ses gants.

– Un détail, dit-il avec douceur. Si vous aviez l'habitude de vous rendre au palazzo Contarini, pourquoi Ser Girolamo est-il venu ce soir-là en votre officine ? N'eût-il pas été plus logique que ce soit vous qui vous déplaciez, selon la coutume ?

Aurelio, qui semblait attacher beaucoup d'importance à ses gants, perçut le frémissement du notaire.

– On préparait la fête du lendemain, Excellence. L'anniversaire de la Signorina et ses seize ans accomplis. Les musiciens répétaient le concert. Le palais était rempli de gens qui circulaient.

– Ah, c'est vrai. C'était donc lui qui avait suggéré cet arrangement, n'est-ce pas ? Adieu, Maestro. Que Dieu vous garde, lança-t-il onctueux au notaire qui pâlissait.

Et il tourna les talons. Son pas s'éloigna sur les dalles du couloir, résonna dans les venelles. Il réfléchissait au tableau qui se dessinait. La superposition des éclairages sur les membres de la famille Contarini rendait quelque chose de très cohérent. Presque décevant dans sa banalité, très semblable aux frictions qui irritent les petites gens entassés dans les maisons étroites et insalubres des quartiers pauvres. Les querelles internes à la famille Contarini devaient en être la transposition proportionnelle, mathématique : les lois de l'homothétie projetaient la masure en palais, le cochon en fortune et les gros mots en assassinats.

Étrange aussi, ce notaire qui, dans son discours pléthorique, vous jette à la tête tous les mobiles d'un crime possible pour se prévaloir ensuite du secret de sa profession. Car enfin, n'a-t-il pas cité tous les ingrédients de la cuisine familiale contarinesque : aversions, desseins secrets, penchants contre nature et jusqu'aux passions qui se transmettent par le sang ? Et le rôle de l'argent et le rôle de la femme qui a décidé de ce que serait sa maison. Et l'utilité du notaire qui peut-être a divulgué à qui le paye les intentions nouvelles de la bête noire et a choisi son jour pour obliger celle-ci à sortir dans les *calli*, le soir, sur le coup de vêpres…

Aurelio héla un gondolier en maraude qui le ramènerait au palais ducal. Sous le ciel clair, les façades cramoisies se miraient admirablement dans le *rio di San Luca*. Au passage de la gondole, les lignes nettes ondulaient, chancelaient, se brisaient en mille coups de pinceau rouges sur la surface de l'eau verte. Son œil d'esthète et sa tête de philosophe échafaudèrent une théorie : comme un tableau est fait de couleurs et de lignes, la vérité est faite d'impressions et de faits. Les impressions sont des couleurs ; les faits sont des lignes. Se méfier des couleurs sans lignes, comme ces reflets dans les eaux du canal : se méfier des impressions sans faits. Or, dans sa quête de la vérité, Aurelio cherchait à obtenir un tableau cohérent. Il s'efforça donc d'oublier les couleurs des visages qu'il avait rencontrés plusieurs fois en deux jours et de s'en tenir aux faits. Il y a cinq ans, Girolamo Contarini donnait l'essentiel de sa fortune à son frère. Soudain, il décide de léguer le tout aux œuvres pieuses. Qui avait intérêt à empêcher cela ?

Un tableau pouvait se former, avec le dessin central d'un visage et une infinité de couleurs à disposer selon des lignes encore inconnues. Il eut hâte de se retrouver dans l'espace étroit de son bureau pour mettre sur papier toutes les questions qui lui traversaient l'esprit.

5 : UN CHASSEUR DE TEMPÊTE

Nicolò Aurelio se rendit le lendemain à la banque Strozzi. Il s'était fait annoncer comme étant mandaté par le Conseil des Dix pour une affaire touchant à la sécurité de l'État. Les lourdes portes de la banque s'étaient ouvertes une à une devant lui et il fut accueilli dans un bureau cossu d'où l'on pouvait admirer la façade de *San Giacomo di Rialto*. Sous l'auvent de l'église s'alignaient les tables des changeurs, des assureurs. D'où il était, Ser Alessandro, sans tourner la tête, pouvait consulter l'heure, guetter le tintement de la cloche qui ponctuait la journée de travail, rechercher l'appui des puissances divines. Le patriarche du siège vénitien de la banque portait dignement sa soixantaine. Le relâchement rougeâtre de ses paupières n'était dû qu'à la lecture des chiffres qui avaient fait sa vie. Sa lèvre inférieure aussi pendait un peu : il l'avançait démesurément lorsqu'il comptait. Mais la barbe grise noyait ce défaut dans un respectable moutonnement qu'il caressait d'une main prudente avant de parler. Il portait la robe noire, signe de prestige, et le bonnet rouge à la florentine. À ses côtés, Ser Roberto était la copie conforme de son père, avec trente ans de moins, et il affichait le même air d'accablement vertueux.

– J'ai tenu à ce que mon fils Roberto soit présent, Excellence. Je l'associe à toutes les affaires de la banque car c'est lui qui prendra ma succession. Une visite telle que la vôtre non seulement nous honore, mais elle se devait de retenir toute notre attention. Et vous savez combien notre famille est attachée à l'amitié de la Sérénissime République.

Aurelio savait, bien entendu. Chaque fois qu'il y avait une révolte à Florence contre les Médicis, les Strozzi reprenaient courage. Et lorsqu'ils étaient chassés de Toscane, ils poursuivaient leurs affaires à Venise. Et Venise était bien contente de les recevoir, avec leurs sacs de florins qui se convertissaient en ducats et servaient à financer ses guerres. Aussi, le déplacement dans leur antre du Grand Chancelier de Venise ne pouvait signifier qu'une affaire importante engageant la situation de toute la famille.

Or, voilà que ce personnage considérable venait reparler de ce pauvre Girolamo Contarini, enterré depuis peu. Un gros client, certes, mais un privé. Et il voulait seulement connaître la situation de la fortune des Contarini de *San Paterniàn*. On fit donc venir les livres. Les chiffres qu'on y lut démontraient une bonne gestion par Ser Pietro des immenses avoirs familiaux : des prises de parts dans les convois du Levant et du Ponant, des prêts aux assureurs aux taux en vigueur, des revenus de propriétés dans Venise et de terrains sur la terre ferme. La dot de Donna Elvira était entre bonnes mains. La situation de Ser Girolamo ? Au mieux. Il avait confié sa part d'héritage à l'excellente administration de son frère et vivait des revenus de ces biens. Oui, les deux frères entraient pour moitié dans chaque opération. Pas de placements hasardeux, rien que des choix témoignant d'un solide bon sens dont tout banquier ne pouvait que faire l'éloge.

— Rencontriez-vous souvent Ser Girolamo ?

— Oh oui, Messer Chancelier, chaque fois que les actes dressés par son frère nécessitaient sa signature.

— Avez-vous noté des accidents récents dans les affaires dont Ser Pietro prenait l'initiative ? Je pense à une galère qui se perd, un acte de piraterie, un cours des matières qui chute…

Les Strozzi prirent une mine effrayée ; on devinait qu'ils avaient envie de se signer, comme ceux qui s'empressent de chasser le diable après que quelqu'un ait eu l'imprudence de prononcer son nom.

— Oh non, Messer Chancelier, à Dieu ne plaise ! Rien de tout cela !

— Pas d'échéances prochaines auxquelles faire face, des imprévus…

— Des affaires régulières et on ne peut plus normales, Excellence. Quant aux imprévus…

Alessandro eut un geste vague et résigné de sa vieille main au bout de laquelle les doigts prirent un instant la forme de cornes.

– Bien, fit Aurelio apparemment satisfait. À présent, veuillez, je vous prie, étaler sous vos yeux les variations des comptes en numéraire de Ser Pietro et de son épouse.

Dans un ensemble parfait, père et fils dévisagèrent le Chancelier comme s'ils lui reprochaient de mauvaises pensées. Seuls les maris jaloux, les pères au bord de la rupture avec leur fils, les mauvais associés et les faillis faisaient de telles démarches. Que reprochait-on à Ser Pietro Contarini ? Roberto, peut-être parce qu'il connaissait son client depuis moins longtemps, se ressaisit le premier.

– Jusqu'à quelle date souhaitez-vous remonter, Excellence ?

– Commençons par un an, dit Aurelio sans hésiter. Nous verrons si nous aurons à remonter encore.

– Mais, Signor Chancelier, dans ce cas, il faudrait retourner aux archives !

– Nous y retournerons s'il le faut, Messer.

Roberto s'en fut donner des ordres au commis et revint bientôt avec une première liasse de documents. D'autres suivraient, assura-t-il.

– Cherchez-vous, Excellence, un nom ? Un chiffre... ? hasarda Alessandro devant l'envahissement qui se préparait.

– *Signori*, je ne sais, répondit Aurelio.

Mais comme les deux Strozzi s'échangeaient des regards désespérés, il explicita sa pensée :

– Je ne suis pas banquier, *Signori*. Mais il me semble qu'un compte de numéraire trahit la respiration d'un être humain, ses appétits, son régime. Un médecin me compara un jour les besoins d'un être vivant à l'eau de notre lagune. On y observe des mouvements réguliers, des fluctuations, des hausses et des baisses de niveau dues seulement à des influences comme les vents, les marées, les circonstances ordinaires de la vie des eaux. Je veux connaître le niveau des dépenses ordinaires de Ser Pietro et de son épouse ; nous verrons alors s'il y a des tempêtes. Je cherche les tempêtes, *Signori*. C'est cela, des tempêtes.

Aurelio vit bien que Ser Alessandro, né dans les collines de Toscane, n'avait jamais pensé que, dans ses livres, il consignait les mouvements des marées et le souvenir des tempêtes. Le vieil homme secoua la tête. Ces Vénitiens étaient des gens bien étranges.

– Qu'entendez-vous par tempêtes, Excellence ?

– Eh bien voyons, des mouvements intempestifs, des retraits subits, de brusques afflux, des vides, des vagues, qui trahissent une vie mouvementée…

Cette fois encore, Roberto fut le premier à partir en chasse. Ses mains entretenaient avec les papiers des relations amoureuses.

– Ah ! fit-il soudain l'index pointé. Là ! Deux cents ducats envoyés à notre succursale de Trévise !

– Pour la réparation du toit de sa maison et la construction d'un moulin, précisa Alessandro. Je me souviens qu'il m'en avait parlé.

Les doigts repartaient explorer la forêt de signes.

– Ici, une entrée de deux mille ducats… Les dividendes du convoi de Chypre… Là, le prélèvement mensuel de soixante ducats... Là, les apports mensuels des loyers de maisons, de terres...

Prélèvement mensuel de soixante ducats, retint Aurelio. Ser Pietro menait grand train. Il est vrai qu'il possédait un palais, des domestiques, une épouse possédant les siens... que sa table ne devait manquer de rien et qu'il était membre respecté de la *Scuola vecchia della misericordia*. Sans trahir ses pensées, Aurelio continuait à suivre des yeux le déplacement du doigt bagué de Roberto à travers les colonnes de chiffres. Des petits chiffres, bien rangés, comme les galères cul à quai. Rarement un bâtiment de taille dont la masse fît tache. Quoique...

– Et cela ?

Aurelio avait surpris une galéasse barrant le canal des dépenses.

– C'est un prêt, Excellence, à l'assureur Roselli. Roselli a dû couvrir un naufrage au large de Corfou. Mais nous savions déjà qu'il pourrait récupérer une partie de la cargaison, s'agissant de tonneaux d'huile. Le remboursement est en cours.

– Voyez, s'il vous plaît les retraits de numéraire, leurs montants et leur régularité.

Car c'est le besoin subit d'une bourse qui trahit son homme, c'est bien connu. Mais rien de tout cela. Beaucoup de 60.

– Savez-vous si Ser Pietro Contarini possédait des avoirs dans d'autres banques ?

Alessandro arrondit les lèvres, aspira l'air avec bruit.

– Si c'était le cas, nous aurions des transferts, Excellence. Et de plus, il nous en parlerait. Les relations de confiance entre le client et le banquier...

Aurelio n'écouta pas la suite. Ser Pietro Contarini dépensait régulièrement ses soixante ducats, au mois-le-mois, sans dévier d'un *soldo*. Il en devenait presque ennuyeux. Aurelio laissa aller les choses quelques temps encore et quand il fut certain qu'il ne tirerait pas un vice de ces comptes parfaitement alignés dans les papiers du banquier, il marqua des signes de saturation. Alessandro ramena sa lèvre pendante, adressa à Aurelio un sourire presque affectueux.

– Pas de tempête, Excellence, commenta-t-il.

Aurelio lui rendit son sourire et prit congé avec la plus aimable délicatesse.

Parvenu au dehors, il se faufila à travers l'agitation du marché, rejoignit les *calli* plus tranquilles, erra un peu dans Venise. La marche, en activant ses jambes, lui libérait l'esprit et il repensait à sa visite de la matinée. Il avait failli se sentir déçu. Les gens vertueux sont d'un ennui ! Ainsi, le regard placide de Ser Pietro ne serait ni noble contenance, ni expression de sa domination philosophique sur les événements, ni même hypocrisie ? Serait-ce le regard tranquille et terne de l'homme sans inquiétude, sans questions ? Aurelio savait bien que toute œuvre d'art a son défaut, toute forteresse ses failles, tout homme ses ombres. C'était bien à Ser Pietro que profitait le crime, mais ce n'était pas ce fait indéniable qui lui inspirait une sorte de malaise devant cet homme à la fois trop opulent et trop transparent, trop riche et trop honnête, trop habile et trop généreux. Et Aurelio gardait un doute. Il avait bien fait de poster des mouches aux alentours du palais Contarini. Dès qu'il serait rendu à son bureau, il convoquerait Mosca.

Restait Donna Elvira. La Genèse fait de la femme l'instrument du diable. Seulement voilà : une sage coutume confie à l'époux la gestion de la dot. Ah, si Ser Pietro venait à mourir, peut-être y aurait-il quelque chose à dire sur Donna Elvira reprenant son bien. Mais la question ne se posait pas et ses pensées n'aidaient pas à savoir pourquoi Ser Girolamo avait été tué à la veille de changer son testament et de rencontrer les Inquisiteurs. Et d'abord, ne fallait-il pas savoir *pourquoi* Ser Girolamo voulait changer son testament et rencontrer les Inquisiteurs ? Changer son testament *et* rencontrer les Inquisiteurs procédaient-ils dans la tête de Ser Girolamo, de la même volonté ? Changer son testament : affaire privée ; rencontrer les Inquisiteurs : affaire d'État. Le lien entre les deux ? Ser Girolamo faisait quelque chose pour l'État. Mais où chercher, en l'état actuel des choses ? Aurelio jugea que ses pensées ressemblaient à ces rondes d'enfant rythmées par ces comptines qui reprennent inlassablement les mêmes mots, les mêmes articulations. Et comme aucun tableau cohérent ne sortait de son imagination, il sentit le besoin de se détendre l'esprit et s'aperçut qu'il n'était pas loin de l'atelier de Maestro Bellini.

6 : LA VIERGE ET LE DIABLE

Maestro Bellini possédait dans le *sestiere de San Polo* un atelier qui ressemblait à une nef d'église. Le peintre officiel de la République, à qui chaque paroisse, *scuola* ou congrégation commandait un retable d'autel, ne pouvait manquer d'espace. Aurelio poussa la lourde porte. L'intérieur, éclairé par une série de fenêtres hautes était habité par tout un monde : apprentis, commis aux pigments, aux brosses et pinceaux, aux vernis, charpentiers ayant pour mission de monter le châssis des toiles, de dresser des échafaudages ou d'assembler des panneaux de bois, préparateurs chargés des surfaces à enduire, aides chargés de l'exécution qui des paysages, qui des drapés, qui des mains et des visages, dessinateurs, commis aux cartons, aux esquisses, modèles et élèves enfin, qui entouraient le maître comme des ministres entourent un prince. Le grand retable dont Aurelio avait suivi la naissance disparaissait maintenant derrière un échafaudage. Un servant d'atelier, à dix pieds de haut, faisait descendre au bout d'une corde un panier contenant les outils du maître. Dominant le bourdonnement de la ruche, la voix de Giovanni Bellini retentit au sommet de l'échelle :

– Paolo ! Paolo, à toi le ciel derrière la Vierge. Et fais-moi quelque chose de riant, s'il te plaît. Ton paysage est sinistre.

– Il fait toujours des paysages sinistres, Scarfati. Faites-lui faire des femmes nues, ou des chiens, Maestro, raille, la voix jeune d'un élève.

– Silence, Luciani ! fait Bellini. Occupe-toi de ton travail.

Descendu de son perchoir, le vieil homme s'attarda un instant, grimaça, se cambra, les mains sur les reins, se retourna, aperçut son visiteur qui l'attendait patiemment.

– Signor   Chancelier !   s'exclama-t-il joyeusement.

Les deux hommes s'estimaient, s'échangeaient à chaque visite des compliments qui venaient du cœur. Puis le peintre escortait l'esthète à travers ses madones, simples jeunes femmes, belles de leur jeunesse, rêveuses, plantées devant des paysages imaginaires faits d'arbres silencieux, de terre féconde, de paysans, de villes, de bergers.

– J'aime les drapés bleus de vos madones, Maestro. Vos bleus profonds inspirent la méditation et le repos de l'âme. C'est une couleur merveilleuse que le bleu lorsqu'il voisine avec l'argenté des voiles et joue avec la fraîcheur des chairs.

Aurelio laissait murmurer ses impressions. C'était pour lui une douce détente de l'esprit que de se plonger dans l'univers merveilleux des peintres. Il écoutait à peine les noms de ceux à qui étaient destinées ces images de rêve. Il se fondait dans les couleurs, la variété des paysages, et laissait libre cours à ses émotions.

– Le paysage donne de la profondeur et rapproche le sujet. Que d'imagination, dans les paysages !

– Ils donnent un nouveau style à la peinture religieuse. Les saints du ciel ne sont plus des êtres abstraits ; ils sont parmi nous. Moi, j'hésite encore à ôter le panneau d'étoffe qui sépare l'ordre divin de l'ordre profane. Mais j'ai vu chez Giorgione une madone dans un paysage… Oh, allez la voir, c'est audacieux, c'est charmant…

Maestro Bellini parlait sans contrainte, sans la moindre acrimonie pour les jeunes peintres. À soixante-dix ans passés, il avait sa vie et sa carrière derrière lui ; il jouissait de l'idée que depuis plus de trente ans qu'il dominait la peinture vénitienne, il l'avait amenée à plus de souplesse, de liberté, de couleur, et que tous les jeunes peintres qu'il avait formés dans son atelier iraient plus loin encore, déploieraient plus d'audace, c'était dans l'ordre des choses… Tels furent les propos que le maître et son visiteur échangèrent au cours d'une collation qu'Aurelio accepta volontiers, dégustant dans des coupes de Murano au galbe exquis un vin doré qui rehaussait la saveur des huîtres. Giovanni Bellini était un homme raffiné et bon. Il avait pour seule passion de créer de la beauté et enseignait la peinture pour perpétuer la beauté. Sa conversation était aussi apaisante que ses vierges.

– Je vous recommande d'aller admirer cette vierge de Giorgione, Messer Aurelio. Vous en aurez grand plaisir.

Le plaisir. C'était une valeur essentielle pour Aurelio, dès l'instant qu'il s'accompagnait d'une forme quelconque de raffinement. Ayant pris congé de Maestro Bellini, il décida de prendre son temps, de prolonger le plaisir et de se rendre chez Giorgione.

La porte de l'atelier au fond du couloir, était fermée. Il fallut avancer à tâtons. Aucun chant ne se répandait dans les ténèbres. Peut-être n'y avait-il personne à l'intérieur ? Mais en pesant sur le loquet, le vantail s'ouvrit sur l'éternel spectacle de la cuisine où s'entassait la vaisselle sale, les pots et les flacons de vin. De l'atelier, à droite, provenait le grignotage caractéristique d'un pinceau sur la toile.

Aurelio toussota.

– Qui est là ?

Ce n'était pas la voix de bronze de Zorzi da Castelfranco.

– Chancelier Aurelio, dit Nicolò en soulevant la portière d'étoffe. Ah ! Bonjour, Titien !

Dans la pièce encombrée de chevalets, éclairée au fond par trois fenêtres, la haute silhouette du jeune Tiziano Vecellio se dessinait en contrejour. Jeune, un front haut sous des cheveux courts, le poil couleur de charbon, un grand nez un peu busqué et un regard aussi noir que sa barbe naissante. Sa longue main prolongée par le pinceau dessinait sur la butte du *Concert Champêtre* une ferme de Cadore. Dès l'apparition du Chancelier, il ramena prestement vers lui le pinceau, se courba.

— Excellence…

Il était un peu gauche et timide devant le personnage imposant qui approchait.

— Te voilà seul ? s'étonna Aurelio.

— Non, non. Zorzi se repose. En fait… il est un peu malade.

— Malade, ou bien… ?

Chacun savait les excès de Giorgione, son amour du vin, et comment se terminaient les réunions des compagnons de la *calza*, ces compagnies organisatrices de fêtes, qui sous prétexte d'organiser le plaisir des autres, commençaient par s'en donner au-delà du raisonnable. Aurelio n'avait pas l'intention d'insister, ce fut Titien qui, pour une raison encore inconnue, fronça le sourcil et, déjà moins retenu, gronda plus qu'il n'expliqua :

— La vérité, c'est qu'il est allé voir le *provveditore al sal…*

Par modestie, Aurelio ne précisa pas que c'était sous son conseil. Il attendit.

— Il aurait mieux fait de ne pas y aller, affirma Titien.

— Et pourquoi donc ?

Les gens de Cadore sont de coriaces montagnards. Au contact des vénitiens, Titien avait appris à lisser son caractère, mais cette enveloppe de retenue cassait parfois comme un vernis mal appliqué sur une toile. Il suffisait d'aborder certains sujets qui n'étaient pas indifférents aux gens de Cadore.

– Nous voilà rabattus de cinquante ducats pour notre travail aux *Tedeschi*. 130 au lieu de 180 !

En effet, Giorgione, qui avait eu la commande à son nom, s'était réservé la façade principale côté grand canal, mais il avait sous-traité à Titien le mur latéral. Et un natif de Pieve de Cadore savait compter les ducats.

– Mais comment, voyons, Le *Capo* du Conseil des Dix en proposait 150 !

– C'est lui qui a refusé, répondit Titien de mauvaise humeur, en pointant son pinceau vers la pièce située au-delà de la cuisine.

– Et pourquoi cela ?

– Il vous le dira lui-même.

Sur ces mots, Titien dépose son pinceau, se dirige à grands pas vers la chambre de Giorgione, tambourine à sa porte : « De la visite ! » Puis, sans un mot, retourne à son ouvrage.

On entendit des grognements d'ours qui s'éveille, une porte qui s'ouvre, la portière de toile s'écarta sur un homme en chemise et bonnet de nuit, pieds nus, un peu hagard.

– Vous, Signor Chancelier ? Je suis désolé, je ne m'attendais pas…

– Aucune importance. Que s'est-il passé, avec le *Provveditore al sal* ?

Le même vent de colère qui avait enflammé puis réduit Titien au mutisme souleva Giorgione. Le peintre en oublia qu'il était en chemise de nuit et qu'il avait devant lui le Grand Chancelier.

– Lui ! s'écria-t-il complètement réveillé, *Chiava il santo* ! Ce misérable béotien a osé critiquer ma façade ! S'imaginait-il, cet *aborto di natura,* que pour me faire accepter un rabattement sur mon prix, il était nécessaire de rabattre la qualité de mon œuvre ? Il n'y a tout simplement rien compris ! *Sangue di Bacco* ! Il aurait voulu des soldats, des Judith et les paysans de Messer Titien. Alors que moi, je lui offrais des dieux !

Sur ce point d'orgue qui fit vibrer les cloisons, Titien serra les mâchoires et Giorgione reprit son souffle. Aurelio trouva des mots d'apaisement : le *provveditore al sal* s'y connaissait mieux en chiffres qu'en art. Mais le peintre n'écoutait pas.

– Donc, conclut ce dernier, je lui ai dit qu'il garde ses vingt ducats, qu'avec cette aumône, on ne se payait pas les couilles de Zorzi da Castelfranco *e che ti vegna la giandussa* ! Et j'ai claqué la porte. N'ai-je pas eu raison ?

– Vous auriez pu être un rien plus diplomate, fit remarquer Aurelio avec une moue dubitative. En tout cas, vous voilà bien malade.

– Malade, oui. Comment ne serait-on pas malade de voir le mauvais goût des gens, leur absence de sens artistique, leur…

Aurelio laissait le volcan cracher sa lave et ses pépites d'injures. De l'autre côté du chevalet, Titien était de glace, muet et furieux, fermé sur sa rage. Il dessinait ses montagnes de Cadore, cela devait le calmer, le consoler d'avoir perdu entre huit et dix ducats. Calmer le Grand Georges était une autre affaire ; il n'y avait pas mille façons.

– On m'a parlé, Maestro, d'une vierge sur fond de paysage qui aurait fait l'admiration de vos visiteurs. On en dit grand bien ; que ce serait une merveille. Pouvez-vous me la montrer ?

Il est des jours maudits où tout tombe mal. Aurelio avait pourtant déployé tout son charme d'esthète, une rondeur bienveillante, une flatterie mesurée. Mais Giorgione, comme sur son autoportrait, gardait le menton levé, l'œil soupçonneux, le front barré de deux rides verticales.

– Parlons-en, de cette vierge à la prairie ! s'écria-t-il. Je l'ai peinte pour le Nonce qui voulait l'emporter à Rome. Pensez-vous qu'il l'ait au moins regardée ? C'est par ici…

Il se déplaça vers une autre fenêtre. Le tableau, de petite taille, trônait sur son chevalet à côté d'une toile qu'Aurelio avait déjà aperçue antérieurement à cette place. Mais il se concentra sur la Vierge à la prairie. La jeune femme assise dans l'herbe laissait gambader son enfant attiré par les papillons. Un soleil doré d'après-midi baignait la prairie aux mille fleurs. La scène intime était incluse dans un paysage plus vaste ; au loin, des montagnes barraient l'horizon, un berger conduisait ses moutons, deux amoureux étaient assis sous un arbre. Aurelio s'abîmait dans la contemplation. Giorgione s'était tu, attendait, encore tout frémissant peut-être, mais il savait respecter le dialogue muet qu'engageaient les œuvres.

– Très poétique, dit Aurelio. On ne m'avait pas menti. Les espaces intimes et lointains se confondent. En effet, pourquoi les séparer d'un voile ? Tout s'imbrique, comme dans la vie.

Cependant, au bout d'un temps, la toile posée sur le chevalet voisin attira son attention. Cette toile, il l'avait déjà vue dans l'atelier de Giorgione. Son étonnante mémoire avait retenu les visages et il en avait rencontré, observé les modèles. Si bien qu'il pouvait à présent concentrer son attention sur leurs attitudes. Des trois musiciens, seul le jeune novice habillé de noir produisait un accord, les doigts crispés sur le clavier de l'orgue. Mais bien qu'il s'agisse d'un concert, personne ne semblait se concerter et les regards s'échappaient en tous sens. Étrange. Avant qu'il ait pu formuler une question, Giorgione s'était déjà lancé :

– Quoi, vous aussi, vous voilà fasciné par cette croûte ? Mais enfin, ne vous ai-je pas dit que j'avais fait cela pour m'amuser, un soir, au retour d'une répétition ?

– Je m'en souviens, acquiesça Aurelio. Mais ces personnages… Vous avez dit « vous aussi » ; Qui d'autre ?

– Le Nonce, *per Dio* ! Il me commande une vierge, il vient la voir en cours d'exécution, et il s'intéresse à… *a una cazzata* qui n'a rien à voir.

– Ah ? Et que vous a-t-il dit ?

– Je ne m'en souviens plus, *per Dio*, mais puisque cette toile lui faisait un tel effet, c'est moi qui lui ai raconté une histoire de mon cru. D'abord, c'est vrai que le concert a eu lieu la veille de l'accident de ce pauvre Ser Girolamo. Voilà : on a senti passer la mort. La mort qui interrompt la vie.

La mort qui interrompt le concert... D'ailleurs, on aurait pu penser que c'était un homme d'église qui l'avait décidée à venir. Don Lazzaro l'avait appelée ; Fra Bartolomé, son neveu, la suivait des yeux, n'est-ce pas ? Sandro Vascarelli, le petit ami du moment, me faisait signe... Enfin, imaginez tout ce que vous voudrez. La poésie et l'invention ne doivent pas toujours être élégiaques. En tout cas, ce qui est certain, c'est que *Monsignore* m'a regardé comme si j'étais le diable en personne et m'a quitté sans me donner sa bénédiction.

Et, oubliant sa fureur passée, Giorgione partit d'un grand éclat de rire, comme un enfant qui se réjouirait d'une bonne farce.

Aurelio sourit, consacra un temps raisonnable à admirer le paysage qui apparaissait dans le fond du *concert champêtre* et prit congé des deux peintres. Il fut heureux de se retrouver seul à l'air libre, car il avait besoin de réfléchir au tableau que lui-même avait à se faire. Peut-être convenait-il d'y introduire un personnage nouveau.

7 : UN CASÌN

– Mosca, qu'avez-vous appris, à l'arsenal ?

– À l'arsenal, Excellence, il existe des secrétaires plus prétentieux qu'à la haute chancellerie !

Dans le bureau étroit de la haute chancellerie, les deux hommes parlaient à voix basse. Mosca, le visage mobile et le geste volubile, ne cachait pas sa colère.

– Il y a là un Ser Benvenuto qui porte bien mal son nom, fulminait-il. Comment ! Moi qui le plaignais, moi qui me mettais à sa place, en parlant comme je parlerais de vous si je vous avais perdu…

– Et que vous a-t-il dit ? coupa Aurelio.

– Eh bien, il m'a seulement dit qu'il se moquait du mal que je m'étais donné pour tirer son chef de la vase et que de toute façon, les derniers temps, il n'avait rien trouvé d'anormal chez lui c'est-à-dire qu'il était *rompicoglioni* comme d'habitude.

– Cela donne le ton, Mosca. Voyez-vous d'autres personnes que vous pourriez approcher avec la même délicatesse ?

– J'en vois, Excellence, mais pour rester discret, il faut entrer en conversation presque par hasard. On y perd beaucoup de temps.

– C'est vrai, fit Aurelio apparemment satisfait. Aussi gardez-les en réserve, nous allons approfondir Ser Pietro. Qu'avez-vous appris de ce côté ?

Mosca sourit soudain de son air malin, ses gros yeux pétillant d'une malice gourmande.

– Excellence, ce que l'on finit par savoir de tout le monde.

– C'est-à-dire… ?

– Qu'il se rend toutes les semaines au casìn d'Anna Cortina.

Le casìn d'Anna Cortina n'était pas seulement une sorte d'hôtel de luxe pour riches Vénitiens ou riches étrangers. Ceux qui décidaient d'y passer la nuit ou même une partie de la journée se voyaient proposer les services de charme des plus belles courtisanes de Venise. Que l'on s'y retrouve entre amis ou s'y rende seul, la table, le divan ou le lit étaient toujours garnis de belles créatures lascives qui commençaient par chanter ou réciter des vers, entretenaient la conversation et achevaient toujours, de la manière la plus naturelle du monde, de vous combler de délices. Les filles n'y étaient pas ces putains à fichu jaune qui se promenaient les seins à l'air dans les rues et vous prenaient la bourse contre un bon mal français. Dans les *casini* de luxe, prospérait une institution vénitienne : la *cortegiana onesta,* cultivée, à la fois hôtesse, poétesse, spécialisée en plaisirs raffinés. L'endroit étant luxueux, le plaisir y était cher.

– Avec qui ?

– Seul, Excellence.

Aurelio en frissonnait d'aise. Il avait bien senti la présence d'une faille dans la paroi lisse de Pietro Contarini. Mais surtout, il sentait que Mosca frétillait encore plus que lui. Il fallait parfois prendre son temps avec ce sbire. Certes, les hommes de la police savaient au jour-le-jour ce qui se passait dans les *casini.* Pour la bonne raison que patriciens vénitiens, ambassadeurs étrangers, hommes d'Église, espions de tout bord s'y retrouvaient dans le relâchement des mœurs. Et il était utile de transformer ces courtisanes averties en agents secrets qui venaient répéter dans les oreilles attentives des serviteurs de la Sérénissime ce qui se disait entre les plats, parmi les coussins ou sur les oreillers. L'œil saillant de Mosca jubilait sans retenue d'être quelques instants encore seul à posséder une information de taille. Il s'en dessaisit presque à contrecœur :

– Anna Cortina a une nouvelle recrue, Excellence.

– L'avez-vous vue ? Interrogée ?

– Oh, non, vous savez bien que la Cortina ne laisse pas ainsi approcher ses filles. Mais j'ai pressé la maquerelle.

Aurelio ne manifesta pas d'intérêt superflu. Il y avait mille moyens de faire pression sur une patronne de *casìn* dont le succès dépend de la discrétion. La Cortina n'avait pas dû aimer, mais après tout, c'étaient là les inconvénients de son métier.

– Mais vous serez intéressé de savoir qui est cette nouvelle recrue, Excellence. C'est une fille de Padoue que vous connaissez. Du moins en avez-vous entendu parler.

– Diable. Mais au fait, Mosca, au fait. Son nom ?

– Laura Bagarotto.

Le regard malin de Mosca jeta un éclair lorsqu'il vit le Chancelier lever le menton.

– La fille de Bertuzzi ?

– Exactement, Excellence, dit-il en mettant du poids sur chaque mot. La fille du professeur Bertuzzi Bagarotto ; la veuve de Francesco Borromeo. Fille et veuve des deux pendus de Padoue.

Aurelio se rappelait parfaitement le procès de ces deux hommes. C'était lui, d'ailleurs, qui avait consigné la sentence prononcée par le Conseil des Dix. Encore un procès traité en dehors des Quaranties criminelles ordinaires : il s'agissait d'une affaire de haute trahison. En 1509, Padoue, occupée par les troupes de l'Empereur Maximilien, avait pensé un instant se libérer de la tutelle de Venise. Son université s'était révoltée. En juillet, Andrea Gritti, par un coup de main audacieux, avait repris la ville. La révolte avait été réprimée dans le sang, les autorités de Padoue exécutées en décembre, leur famille déchue de leurs privilèges, leurs biens confisqués. Le sort tragique de ceux qui perdent les guerres. Ce qu'étaient devenues la femme Bagarotto, épouse Borromeo, n'intéressait plus personne.

– Comment cette femme a-t-elle échoué là ?

– Emportée comme butin de guerre par un soldat de Gritti, qui l'a vendue au *casìn* avant de partir dans la troupe d'un autre condottiere.

Aurelio secouait la tête. Pauvre femme. Quoi qu'il en soit, la situation n'était pas anodine : la fille et l'épouse des révoltés de Padoue mettait dans son lit des hommes qui peut-être avaient condamné son père et son mari. Elle ne méritait pas ce supplément de souffrance mais surtout, elle devait haïr Venise. Si elle manœuvrait bien, elle était en mesure de mener sa guerre secrète pour faire du tort à la République. Connaissait-elle Ser Pietro ? Qui recevait-elle ? Mais Mosca, qui connaissait son métier, avait déjà devancé ces questions.

– Vous savez que dans les *casini* règne une certaine hiérarchie des courtisanes. La dernière recrue doit faire ses preuves. Jusqu'à présent, elle n'a reçu que des damoiseaux de nos nobles familles, peu de personnages en vue, ce qui prouve la grande prudence, constance et fidélité de nos patriciens...

Mosca ralentissait à nouveau son débit. Aurelio, pensa que pour peu, il allait faire des *casini* des asiles de vertu. Connaissant les effets oratoires du sbire, il attendait une révélation. Cette marotte l'agaçait mais il prenait son mal en patience.

– Mais elle reçoit aussi un personnage tout à fait inattendu, Excellence. Un certain Paolo Scarfati.

Aurelio se rencogna dans son fauteuil, croisa les bras en fronçant le sourcil. Ce nom de Scarfati avait déjà percuté son oreille. Où cela ? Et l'œil de Mosca qui pétillait de plus en plus. Le Chancelier laissait se dévider l'écheveau, ne montrait aucune impatience mais voyait se dessiner un motif qui peut-être prendrait sa place dans un coin du tableau qu'il cherchait à composer. Enfin, Mosca lâcha, comme une annonce décisive au jeu de *primo* :

– Un peintre, Excellence.

C'était cela. Un peintre. C'était chez Bellini qu'Aurelio avait entendu prononcer ce nom. À propos de femmes nues et de chiens. Aurelio n'avait pas porté attention à cette moquerie d'atelier. Mais l'étrangeté de l'information demeurait ailleurs :

– Comment un apprenti peintre peut-il se payer le casìn d'Anna Cortina ?

– Ah, Signor Chancelier, répond Mosca dont le sourire s'élargit, c'est que vous êtes vertueux et que vous ne connaissez pas les lieux. Sachez que la Cortina, dès qu'une fille est confirmée dans son métier, fait faire le portrait de la belle… dans son habit de travail, si j'ose dire. Les tableaux sont exposés dans un salon, à gauche de l'entrée, cela fait partie du cérémonial chez la mère Cortina. Oh, ce ne sont pas les chefs d'œuvres dont vous avez l'habitude, et, la patronne étant avare, c'est souvent à un *pittore di cani* qu'elle fait appel. À Scarfati, justement.

Nicolò s'expliqua enfin la plaisanterie d'atelier. Les peintres sans renommée gagnaient leur vie en satisfaisant à cette mode en vogue chez les dames de Venise et les courtisanes : faire le portrait de leur chien. Comme aucun peintre sérieux n'acceptait ce genre de travail, on faisait appel à des apprentis que l'on appelait les peintres de chiens. *Pittore di cani* n'était pas un compliment. Mosca ne mentait pas.

Toutefois, il y avait une contradiction dans son compte rendu.

– Ce Scarfati lui a fait son portrait. Or, vous m'avez dit qu'elle le reçoit.

– Elle a aussi reçu Giorgione.

– Ce n'est pas la même chose. Giorgione a de l'argent.

– Eh, je sais, Scarfati n'en a pas. Mais…

Mosca parut dépité de n'avoir pas de réponse à cette objection majeure, mais se penchant davantage, son sourire était devenu cruel. Qu'y avait-il au fond de son sac ?

– Il est de Padoue, Excellence. Son père était drapier, patron de la guilde. Condamné aux galères après l'insurrection et mort à la chaîne.

De mieux en mieux. Une conspiration, en quelque sorte. Mais que peut un apprenti peintre, inconnu et réduit à survivre en brossant des croûtes ? Aurelio, comme le policier, aurait bien aimé tenter un tableau, mais ne réussit qu'une courbe revenant sur elle-même.

– Son ami de cœur. Elle est entretenue par le *casìn* et lui offre les cadeaux qu'elle reçoit pour qu'il vienne la visiter. Classique, Mosca. C'est elle qu'il faut surveiller. À propos, quel nom lui donne-t-on, à cette *cortegiana onesta* ?

– Laura. Son propre nom de baptême.

Étrange, se dit Aurelio. D'habitude, elles changent de nom. Aurait-elle l'intention de se faire connaître ? Nourrirait-elle quelque ambition, quelque dessein ténébreux ? Et même… Aurelio alla chercher son inspiration dans la lumière de la fenêtre. Une esquisse. Serait-il invraisemblable qu'elle eût inspiré à Pietro Contarini un forfait dirigé contre la République et que Girolamo, l'ayant appris par quelque voie, ait répondu en déshéritant son frère et dénonçant celui-ci aux inquisiteurs ? Disposer de telle façon les éléments de l'énigme produisait un tableau très vraisemblable. À vérifier.

Il attira à lui un document largement couvert de sa petite écriture nette dont les lignes bien horizontales et de longueur irrégulières étaient regroupées en paquets de quatre ou cinq. Il trempa une plume dans l'encrier, ajouta deux paragraphes, modifia les chiffres alignés dans la marge, réfléchit et finit par biffer tous les chiffres. Posant sa plume, il appuya ses coudes sur la table, joignit les mains, réfléchit encore avant de sortir de son silence.

— Mosca, dit-il enfin, écrire ou dessiner aide parfois à voir clair. Il semble que nous devions chercher dans plusieurs directions. J'ai tenté de classer les différents points par ordre d'importance, mais je renonce à établir une quelconque hiérarchie, puisque c'est le résultat de vos observations qui nous imposeront de pousser plus avant ici ou là. Mais puisqu'il faut bien commencer par un bout, admettons de leur donner un ordre, sachant qu'il est quelconque. Premièrement, vous laisserez une mouche attachée à Pietro Contarini. Tâchez d'apprendre s'il possède d'autres avoirs dans une banque génoise, ou chez Alvise Pisani, ou chez Vendramin ou dans toute autre banque officielle, à moins que ce ne soit chez les Juifs. Nous savons que certains Juifs font du prêt à usure dans l'arrière-boutique d'un apothicaire ou d'un joailler. Vous les connaissez tous, n'est-ce pas ?

— Il me faudra du monde, Excellence, et cela me prendra du temps.

— Vous avez le monde pour faire cela. Et même le temps, mais pas trop. Secondement, vous irez à l'arsenal vous renseigner sur les activités particulières de Ser Girolamo. Questionnez les secrétaires, les commis, les contremaîtres. Si l'un de ceux-là vous résiste, venez m'en faire part. J'approcherai de mon côté les patriciens qui furent les collègues du feu conseiller. Mais je me doute que ceux-ci connaissent la solidarité et seront moins enclins aux confidences. On apprend plus souvent la vérité en entrant par la porte de service, vous savez cela aussi, n'est-ce pas ? Trouvez la réponse à des questions comme : quelles étaient les responsabilités exactes de Ser Girolamo, les affaires qu'il aimait traiter, son assiduité à sa mission, les décisions qu'il a prises, les points sur lesquels il était le plus sensible, et surtout sa manière. On en apprend aussi en observant comment sont les gens, leur couleur…

— Leur couleur ? répéta Mosca qui ne comprenait pas.

— Je veux dire l'impression qu'ils vous donnent – pardonnez-moi, c'est une expression personnelle. Retenez que ce qu'on vous en dira vous aidera à compléter la liste que je vous suggère ici seulement à titre d'exemple. Et puis, tant que nous y sommes, je vous livre aussi deux personnages : Sandro Vascarelli originaire de Vicenza, demeurant dans la paroisse de *Sant'Aponal* C'est un jeune homme des amis de Ser Girolamo, je n'en sais rien de plus. Et Don Lazzaro, chapelain à *San Paterniàn*. On me l'a donné pour son confesseur.

Aspirant une bolée d'air, il s'attacha enfin aux lignes qu'il venait d'écrire :

– Reste l'affaire du *casìn* –vous voyez par là combien une surveillance vous conduit à une autre. Qui cette Laura reçoit-elle ? Question essentielle, Mosca. Renforcez la surveillance du casìn d'Anna Cortina ; je veux tout savoir. Au besoin, maintenez une menace raisonnable sur la patronne. Enfin, ayez également un œil sur ce Scarfati. Son commerce avec cette courtisane ne me dit rien de bon et tôt ou tard, nous aurons à en rendre compte au Conseil des Dix, pour peu que l'un de ces messieurs des Dix se rende en ces lieux.

Mosca arrondit la bouche et les yeux.

– À leur âge, Excellence… !

– Vous seriez étonné, Mosca.

Mais le Grand Chancelier avait l'air si sûr de lui que le sbire se contenta de sourire.

– Cela vous aiderait-il de pouvoir consulter ce papier ? Je vous le cède volontiers, dit le Chancelier en tendant la feuille au policier. Mais rappelez-vous que ce n'est qu'un début. Et je sais que vous aurez à cœur de le compléter progressivement. Vous viendrez me faire part de vos ajouts. Enfin je peux vous informer que le Conseil des Dix hésite toujours à nommer un homme du peuple comme chef des sbires. Si nous avons des résultats, je pourrais user de mon influence pour le sortir de cette hésitation.

Aurelio avait vu s'épanouir sur le visage de Mosca un sourire des plus radieux. Le petit homme s'était répandu en remerciements et était parti de sa démarche sautillante devenue légère.

On était en novembre. Les matins devenaient brumeux. Des gelées précoces avaient tendu par endroits une pellicule blanchâtre à la surface des canaux, là où l'eau stagnait en mares visqueuses. Un matin, un mot de Titien informa le Chancelier que Maestro Giorgione était bien malade après l'accident qui lui était arrivé. On pardonnait volontiers au Maestro de s'enivrer un peu trop souvent, mais cette fois, il avait glissé sur la pierre au bord d'un rio et était tombé dans l'eau glacée. Un passant et un gondolier l'avaient secouru et ramené chez lui mais il avait aussitôt pris la fièvre. Une fièvre brûlante avec un mal aigu dans la poitrine et une toux qui l'étouffaient. Son état s'aggravait de jour en jour. Un soir, Aurelio décida d'aller lui rendre visite en compagnie d'un médecin renommé pour son talent. Il poussa la porte, trouva la vieille servante s'activant dans la cuisine où elle déplaçait les objets d'un air égaré.

– Vous venez trop tard, dit-elle au médecin qu'elle reconnaissait à son masque en bec d'oiseau. Il a passé. La jeune fille du *casìn* est déjà partie. La Laura l'a aidé à mourir.

8 : UNE FILLE DE PADOUE

Les journées de novembre s'étiraient, brumeuses et interminables. Venise était la proie d'une vague de tristesse et de frayeur, de doutes et de murmures. Au sujet de la disparition de Giorgione, peintre, poète et musicien, enfant chéri des dieux et de sa Cité, on avait évoqué tout et son contraire : qu'il aimait d'amour tendre une femme qui se mourait et qu'il l'aurait soignée jusqu'à partager son mal ; ou au contraire qu'il aurait noyé dans le vin un chagrin d'amour, au point de tomber au petit matin dans l'eau glacée. De toute façon, il aurait pris la fièvre ardente, celle qui tuait les pauvres dans les quartiers misérables de la ville : la peste. On venait d'ailleurs d'en relever quelques cas. On avait enterré Giorgione dans une île, en terre vive, de peur de la contagion. Puis on était rentré chez soi, le cœur lourd et la peur au ventre. Car on savait que la peste courait de maison en maison, décimait les familles entassées dans les masures, les équipages entassés dans les galères, les ouvriers rassemblés sous les voûtes de l'arsenal. L'arsenal lui-même s'était imposé une sorte de quarantaine. Heureusement, c'était l'hiver ; l'activité des convois ne reprendrait qu'au printemps. Les darses étaient abandonnées et les bureaux déserts.

Et puis, il y avait aussi ce froid précoce : on redoutait de sortir de chez soi, mais il fallait bien aller aux provisions. À l'intérieur des maisons, on se rassemblait autour du foyer où celui qui avait affronté le froid du dehors subissait les regards méfiants parce que, en même temps que la pitance, il rapportait peut-être des miasmes. Cela engendrait des querelles, de la violence. La noblesse ne donnait plus de fêtes. Elle portait à sa façon le deuil de Giorgione

Quand vint la fête de la Nativité, les églises carillonnèrent les trois messes, mais le vent glacial ne permit pas de s'attarder à danser autour de l'arbre de paradis dressé au milieu de la *piazza*. Le carnaval débuta mollement et les premiers masques que l'on rencontra étaient des masques pointus imitant ceux des médecins, de ces becs d'oiseau qui imposent une distance et contiennent à leur extrémité des réserves d'herbes aromatiques pour purifier l'air qu'on respire.

L'enquête d'Aurelio piétinait. Certes, il rencontrait des Da Canal, des Vitturi, des Baseggio, des Pesaro en fonction actuellement à l'arsenal. Mais comment en extraire le moindre indice sans s'autoriser à dire que l'on nourrissait des doutes au sujet de la mort accidentelle de Ser Girolamo Contarini ? Que tirer de ces gens-là sinon de pieux éloges d'un disparu, au mieux, des réponses évasives, au pire, un étonnement chagriné devant ce qui semblerait une intrusion dans les prérogatives du patriarcat, un trouble nuisible à la sérénité de la République. Seul Mosca pouvait se glisser dans le monde des secrétaires, des commis, des valets de l'huis qui laissaient traîner leurs oreilles et étaient capables d'entendre que ces messieurs avaient leurs faiblesses. Mais l'arsenal était en léthargie et Mosca ne venait pas. Aurelio le convoqua donc, décidé de lui montrer raisonnablement sa mauvaise humeur. Le sbire se présenta, compassé comme au tribunal.

– Je vous attendais plus tôt, Mosca, et ne pensais pas devoir vous traîner jusqu'ici.

– Ah, Signor Chancelier, je me préparais à vous demander audience, lorsque vous m'avez appelé.

– Vous avez donc du nouveau.

Ce n'était ni une question ni une constatation mais un ordre implicite. Mosca ne s'y trompa pas. Du nouveau : c'était tout cela qu'il était difficile de mettre en forme. Mosca cherchait un début –la convocation du Chancelier ne lui avait pas laissé le temps de préparer son affaire– et on ne sert jamais le gibier sans mettre le convive en appétit par quelques olives. Pour bien montrer combien il retenait les leçons sur les questions qui en appellent d'autres, il choisit de commencer par le début :

– Excellence, je connais par cœur le papier que vous m'avez donné, et je…

– Je ne vous demande pas d'apprendre par cœur les questions, Mosca, mais de m'apporter des réponses, dit Aurelio sur un ton bourru.

– Justement, les réponses à vos questions, reprend Mosca sans se démonter. Elles me semblaient d'abord si maigres que je n'osais vous déranger pour cela. En vérité, Ser Pietro Contarini n'a pas de comptes cachés, le *casìn* languit après le client, la Laura composait des poèmes, l'atelier de Giorgione est fermé, Titien est parti travailler à Padoue et il n'y a personne à l'arsenal, comme vous le savez.

– Pourquoi avez-vous dit « composait » ?

– Je vous demande pardon… ?

– Vous avez dit que la Laura *composait* des poèmes. Pourquoi ? Elle n'en compose plus ?

Toujours cet air malin qui horripilait le Chancelier.

– Non, Excellence, elle s'apprête à les dire. Mais je vous supplie de me laisser poursuivre dans l'ordre le récit de mes recherches.

Aurelio s'en prit à un presse-papier de bronze qui était à portée de sa main, le renversa, le malmena, sa main devint le chat qui torturait la souris.

– D'abord, les noms que vous m'avez donnés : Sandro Vascarelli : mes sbires le connaissent, c'est l'un de ces petits gitons qui grouillent à *Rialto* et font la concurrence aux *casini*. Disparu ; il doit se terrer quelque part, après la mort de son protecteur.

– Retrouvez-le, *per Jove* ! Dans ces milieux, la jalouse et le crime vont du même pas.

– Nous savons cela, Excellence. Mais un jeune garçon capable de se faufiler chez Contarini s'est peut-être introduit dans d'autres maisons où l'on entre tout aussi malaisément. Toutefois, il est rare qu'ils consentent à s'enfermer bien longtemps. Nous le retrouverons, soyez-en sûr.

– Les autres ?

– Don Lazzaro, le Chapelain à la paroisse de *San Paterniàn*. On l'a vu deux fois se rendre à pied à la nonciature. Il protège un sien neveu, novice chez les Augustins de *San Salvatore*, qui vient souvent lui rendre visite, dans son logis de paroisse. Il a nom Fra Bartolomé. Quant au peintre Scarfati, je sais où il crèche : il loue une chambrette sous des combles à *San Ternità*. Je suis entré : un trou de célibataire, propre, paillasse, vaisselle, mais tout un attirail de machinerie d'instruments de dessin et un capharnaüm de fatras d'entassement de croquis : des gens buvant dans des tavernes, des joueurs de dés, des chiens, des Vénus, des Danaé, des Madeleines, des Salomé, des Zafetta dans toutes les positions ; des monceaux de polissonneries et de paillardises à faire pâlir un moine... Mais rien de suspect.

– En effet, c'est abondant, mais c'est maigre, commenta le Chancelier glacial.

Mais il nota que Mosca prenait son temps et que son œil préparait ses effets.

– Reste que la Laura du *casìn* est passée à sept ducats, Excellence.

Était-ce un fait remarquable ? En tout cas, sept ducats, c'était le salaire annuel d'un ouvrier de l'arsenal. Mosca attendait une réaction qui ne venait pas.

— D'habitude, une nouvelle fille reste novice pendant un an, expliqua le sbire. Pourquoi la Laura est-elle confirmée déjà ? La Cortina prétend qu'elle est exceptionnelle. À croire qu'elle veut en faire la reine de Venise. La Laura ne se contente plus de recevoir des peintres, Excellence. Elle attire des nobles, entre autres… Pietro Contarini… le *Capitanio* Marcello… et le *Sopracomito* Foscarini, qui s'est précipité chez elle dès son retour de mission.

Aurelio entendit, hocha la tête, traduisit :

— Le patricien que nous surveillons, un capitaine de convoi marchand et un commandant de galère militaire. Nous nous approchons de l'arsenal, Mosca.

— Plus que vous ne le pensez, Signor Chancelier, dit Mosca en se penchant davantage, les yeux si saillants qu'ils semblaient prêts à rouler sur la table. Car la belle Laura s'en va tous les après-midis au palazzo Foscarini et c'est là qu'elle lit ses poèmes.

Il était clair que cette femme tissait sa toile parmi l'aristocratie vénitienne. Suspecte au dernier degré.

— Elle aura enjôlé le *Sopracomito* Vincenzo. C'est un amateur de femmes, dit Aurelio.

— Point du tout, répondit vivement Mosca, pris d'une sorte de fièvre. Elle est devenue l'amie de sa femme. Et quand je vous dis qu'elle lit des poèmes, ce n'est point une image comme vous pourriez le penser, car elle répète une sorte de pièce de théâtre… avec les inséparables !

Mosca s'emballait. Il y avait soudain trop à dire, ou alors la chose était trop énorme. Aurelio connaissait l'existence des ragots qui se répandent au marché, déformés par les domestiques, mais aussi les petites gazettes mondaines qui nourrissaient les conversations des salons. Quand on parlait des *inséparables*, on faisait référence à deux jeunes aristocrates, beaux, fantaisistes et audacieux, qui faisaient la mode en ces années-là. Compagnons de la *calza*, présents à toutes les fêtes, assez riches et débridés pour faire parler d'eux. Giorgione était leur ami, évidemment. Aurelio les connaissait de réputation. Mais c'est en prononçant leurs noms que quelque chose lui fit signe.

– Vous parlez bien de Gabriele Vendramin et Taddeo Contarini.

– Tout juste, dit Mosca. Et vous savez comme moi que Taddeo est le frère de la Signora Foscarini, l'épouse du *Sopracomito*.

Venise était un tel microcosme que les noms mêmes se ressemblaient dangereusement. Taddeo Contarini et sa sœur étaient issus de la branche des Contarini du *Castello*. Et quand Adriana Contarini épousa en grande pompe le *Sopracomito* Vincenzo Foscarini, on n'entendit pas deux noms qui ne différaient que d'une syllabe, mais on pensa fortunes et palais équivalents. Adriana et son frère partageaient ce même esprit de liberté qui s'emparait de toute la ville. Elle n'était pas une épouse austère et les longues absences du *Sopracomito* son époux ne la conduisaient pas à l'église. La beauté et les plaisirs de la vie mondaine étaient les seuls domaines où les femmes pouvaient régner un peu, le temps de leur jeunesse. Et Adriana régnait.

— Mais comment la Signora Foscarini et la Laura se sont-elles rencontrées ? questionnait Aurelio.

Mosca s'affermit sur sa chaise. Cela allait durer.

— Cela remonte, Excellence, au temps où Maestro Giorgione vivait encore. Octobre de l'année passée. Pour distraire sa jeune sœur de son veuvage, Gabriele Vendramin imagina, en accord avec son ami Taddeo Contarini, d'affréter un *burchiello* pour une promenade dans la lagune. Ils sont allés jusqu'à Torcello. Qui était présent ?

Aurelio pensa que Mosca apprenait vite. Il faisait déjà les questions, comptait sur ses doigts, son air de malice virant au diabolique :

— Les inséparables ont donc emmené leur sœur respective, ainsi que Giorgione et Titien. Ça faisait quatre hommes et deux femmes, n'est-ce pas ? Il fallait trouver des femmes…

— Je vous entends, Mosca. Ils ont puisé dans la réserve du *casìn*.

— Mais ce n'est pas encore tout, Excellence. Il y avait le chien.

— *Per Bacco*, où voulez-vous en venir, Mosca ?

— À ceci, Excellence, que la Signora Foscarini, qui fait faire le portrait de son chien, a aimé la figure du jeune peintre qui lui a fait ce travail, un *pittore di cani*.

— Scarfati ! lança Aurelio.

— *Ecco.*

C'était trop simple. Trop beau, trop évident. Aurelio refusait cette facilité dans le dessin. De plus, il devait y avoir une bavure quelque part. Il suivit la ligne ténue, en quête d'un tremblement.

– Mais enfin, nous sommes en guerre, Mosca. La lagune est fermée. Il est interdit d'y circuler sans sauf-conduit !

– Sauf, Excellence, si l'autorisation est demandée par la Signora Foscarini à son cher oncle… Ser Girolamo.

Aurelio avait cessé de jouer avec le presse-papier de bronze. Ainsi, deux anciens opposants à la République, réduits au silence et quasiment à la misère, réussissaient à s'introduire par leur métier dans une famille influente à l'arsenal. On en donnerait raison au Nonce, qui répétait combien Rome blâmait les mœurs de la ville ; on en donnerait raison au Conseil des Dix, soupçonneux et inquiet, prêt à poster des mouches à l'entrée de chaque palais.

Le tableau s'imposait enfin, cru, aveuglant, dangereux : la courtisane Laura et son ami de cœur complotaient. Pietro Contarini, subjugué par Laura, y a prêté la main ; Girolamo s'en aperçoit, déshérite son frère et en avertit les Inquisiteurs. Restait à connaître la teneur du complot.

– Mosca, surveillez-moi de près cette courtisane Laura et ce peintre Scarfati. Rien de ce qui les concerne ne doit vous échapper. L'avez-vous déjà vue, cette Laura ? À quoi ressemble-t-elle ?

– Je l'ai suivie, bien sûr, Excellence. Elle ressemble à… Mais pardonnez-moi, c'est bientôt *capodanno*. Ce sont les Foscarini qui organisent la fête, cette année et vous y serez invité. C'est là qu'elle viendra réciter ses poèmes.

9 : UNE FÊTE AU PALAZZO

La nouvelle année à Venise commençait le premier mars. Dans la cité maritime et commerçante, la tiédeur du printemps et le retour des vents favorables signifiait que les convois repartiraient chercher au-delà des mers les trésors de l'Orient. La fête de *Capodanno* était celle de tous les espoirs de richesse et de bonheur. On ne pouvait en concevoir de plus belle. Dans la riche cité parcourue par tant d'étrangers, pèlerins et commerçants, tout était spectacle et une belle fête commençait toujours par une procession de dames, toutes vêtues de mêmes couleurs ou portant les mêmes insignes, selon les circonstances. Les couples des invités, dans leurs somptueux habits de cérémonie constellés de joyaux, quittaient leur gondole et montaient aux salles du palais au milieu d'une haie de créatures célestes. Dans les grandes salles, l'une parée pour le dîner, l'autre pour le bal, on se déplaçait avec emphase, les messieurs en tenue officielle avaient revêtu leur robe rouge, noire ou violette ou bien leurs riches pourpoints noirs et brodés ; les dames, largement décolletées, ruisselaient de soies, de perles et de pierreries à couper le souffle. L'entrée du Doge était toujours précédée de trompettes et encadrée des six conseillers des *sestieri*, lesquels formaient *la Signoria*. Le maître de cérémonie accompagné de son épouse s'avançait à sa rencontre, les révérences étaient innombrables, les compliments interminables. Adriana et Vincenzo Foscarini avaient transformé la salle de banquet en un palais des mille et une nuits. Les souvenirs d'Orient du *Sopracomito* avaient suscité l'imagination de son épouse et les lumières multiples des lustres et des girandoles reprenaient en pointillés la grande illumination des verrières.

Puis on se rendait à table en procession et la table d'honneur ressemblait aux images que les artistes faisaient du paradis : Le Doge en Dieu le père, coiffé de son *corno* doré –quoique Leonardo Loredan ne portât pas la barbe blanche–, entouré de deux anges : les Foscarini, maîtres de cérémonie désignés cette année-là. Puis venaient les apôtres : conseillers, Grand Chancelier, procurateurs de Saint-Marc, et un personnage incontournable au pays des cent églises : l'ambassadeur du Saint-Siège. Le Saint-Siège, en ce temps-là, était un État dirigé par le Pape Jules II, redoutable prince de la Renaissance et homme de guerre. Il venait de mettre Venise à genoux et son ambassadeur, le Nonce Mazzoni, éveillait la méfiance de par sa fonction, et même de par sa personne. Il était petit, avait un œil de fouine, ne manquait pas une occasion de s'en prendre à l'arrogance et à l'immoralité vénitiennes. Plus d'un artiste eût peint cette table d'honneur en y introduisant la présence du Malin.

Enfin, les branches de la table regorgeaient de sénateurs, de provéditeurs, de capitaines à l'arsenal, de conseillers, *d'avvogadori, de capi, de savi* attachés à tous les domaines principaux du gouvernement. Parmi les taches rouges ou noires de leurs habits scintillaient les robes et les bijoux de leurs épouses. Au centre du grand U s'étaient installés des musiciens et passaient les valets distribuant les pâtés en croûtes, les poissons frits, les poulardes, les perdreaux, les canards, tous présentés avec un luxe d'ingéniosité et d'imagination, chaque plat porté par deux servants de table étant un tableau racontant une histoire à la gloire de Venise.

Vers la fin du banquet sonnait l'heure du spectacle. Apparaissaient alors les comédiens qui, en ces temps où Ruzzante n'était qu'adolescent et où le grand Goldoni n'était pas né, reprenaient généralement quelque comédie antique, entrecoupée de chants et de danses. Les compagnons de la *calza*, architectes de ces festivités, faisaient souvent appel à des courtisanes pour en faire les ornements. C'était pour elles une façon de se faire connaître que d'apporter leur concours aux événements officiels de la Cité.

Ce soir-là, on fit glisser un écran de verdure derrière lequel apparurent cinq courtisanes célèbres pour leur beauté et pour avoir déjà participé à des fêtes agrémentées de spectacles. On les applaudit, reconnaissant la reine de Venise, la magnifique Flamminia, à la chevelure de cuivre et au teint de lait, au port royal et au sourire éclatant. À ses côtés, comme pour accentuer le contraste, se tenait Metaxa, la belle Grecque, avec sa luxuriante chevelure noire, sa peau brune et son allure magnifique de bel animal ; la frêle et pâle Aurora, fragile comme une fleur de printemps ; le longue Diana, un rien androgyne, toujours vêtue en page, inspirant des frissons complexes ; on reconnut la chair abondante de Fiorbella, une grosse pivoine rose. Le musicien caché par le coffre ouvert de l'épinette donnait le ton et le rythme des chants. Ceux-ci commencèrent sur un rythme trépidant, quelques voix d'hommes formant le contrepoint. Le spectacle s'annonçait joyeux. On s'attendait à une comédie de Plaute, un peu arrangée à la vénitienne, avec des personnages brossés à grands traits un peu usés, un rien vulgaires. Mais cette fois, après le morceau d'entrée, on eut droit à un récital de poésie. On entendit de l'Arioste, du Pétrarque, et quand vint l'ode à l'amour de Pietro Bembo, les applaudissements fusèrent : Venise célébrait son poète. Après avoir connu l'humiliation d'une guerre perdue, on pouvait enfin redevenir fier d'être vénitien. On le fut plus encore lorsqu'on célébra tous les arts pratiqués à Venise. On applaudit les débats entre Nature et Peinture, les duos entre Musique et Danse… Depuis qu'on avait découvert le Banquet de Platon, le dialogue était un genre apprécié des érudits et nombreux étaient les nobles instruits à Padoue, à Ferrare, à Rome, qui rêvaient d'être les Agathon recevant chez eux Socrate à dîner.

Et ils entendaient avec plaisir les controverses entre le philosophe et le disciple de Dionysos, entre Épicure et Sénèque… Les citations latines faisaient pétiller l'œil du Doge : Leonardo Loredan en était friand et défiait quiconque de lui tenir tête en ce domaine. C'était un travers qu'on lui connaissait et on l'observait du coin de l'œil pour le voir approuver du chef, sourire, remuer les lèvres en prononçant les paroles qu'il connaissait par cœur. Le Chancelier échangeait quelques œillades ironiques avec un sénateur : un jour, le Doge les avait tous deux faits mat à ce jeu.

Aurelio savourait le texte, mais il languissait de voir s'achever le spectacle, soit pour voir qui se cachait derrière l'épinette, ou qui surgirait durant les premières figures du bal, soit pour pouvoir appeler discrètement Mosca, qui peut-être attendait aussi son heure, tapi dans les coulisses de le fête, afin qu'il lui montre enfin cette fameuse Laura.

L'épinette égrenait des cascades de notes ponctuées d'accords plaqués. Elle produisait un fond sonore au son grêle, aussi discret qu'un murmure lointain. Était-ce le silence soudain de l'instrument qui fit se lever les têtes ? Lorsque, face à Poésie, se dressa Éloquence, courut sur l'assemblée un souffle de stupeur. Les murmures épars se turent, tous les yeux convergèrent vers celle qui avait émergé de derrière l'instrument.

On la vit s'avancer lentement sur le devant de la scène. Sa robe bleue drapée à l'antique sur un corps que l'on devinait parfait soulignait l'éclat nacré de sa peau. Sa chevelure couleur de cuivre, retenue en bandeaux, ramassée en chignon sur sa nuque, dégageait ses épaules parfaites. Son profil pur et ses lèvres pleines étaient modelés à l'image des marbres antiques. En vérité, la créature qui était apparue était une Vénus de Praxitèle, Galatée échappée de l'atelier de Pygmalion.

Aurelio ne put échapper au soulèvement général d'admiration. Il la fixa avec attention. Plus besoin de Mosca ni de personne d'autre pour lui nommer cette femme. Sa conviction intime suffit à la lui désigner comme celle capable d'ensorceler ceux qui l'approchaient. Et quand sa voix, une voix chaude, bien timbrée, une voix à la fois roucoulante et claire, souple et modulée, s'écria : « Je suis l'éloquence ! Je suis capable d'éblouir les sots comme de convaincre les sages », il eut un frisson qui lui descendit jusque dans les entrailles.

Andrea Gritti se raidissait sur sa chaise. L'Inquisiteur Badoer posait son menton sur le bout de ses longues mains jointes, tous écoutaient avec la même attention troublée. Vincenzo Foscarini paraissait fasciné. Seul le Doge souriait encore, sans doute parce que les viandes et les vins le livraient sans retenue à sa passion innocente pour Cicéron.

Et ce fut bien autre chose, à la sortie du Doge, lorsque celui-ci, passant au milieu de la haie des convives, s'arrêta devant le groupe des comédiennes pour leur faire remettre une bourse.

– *C'est recevoir du bien que d'en faire à qui en est digne*, dit-il en latin, citant les épigrammes de Publius Syrus.

Et chacun put entendre la Vénus de Praxitèle lui répondre en latin, récitant les vers d'Horace :

– *Ce dont je fais grand cas, c'est d'avoir plu à toi, qui sais distinguer ce qui est honteux de ce qui est honnête ; non pas à cause d'un père illustre, mais à cause de l'innocence de ma conduite.*

– *Je mesurerai l'homme non à son emploi mais à sa conduite ; chacun se fait sa conduite, le sort désigne les emplois*, répond le Doge, citant Sénèque.

Et tous deux de conclure d'une même voix :

– *Dîne avec l'un parce qu'il en est digne ; avec l'autre pour qu'il le devienne*, car c'était la suite de la citation.

Le Doge, au bout de moult éloges aux maîtres de cérémonie, avait fini par s'éclipser. Les invités se croisaient encore dans le *portego* avant de se diriger soit vers la salle de bal, soit vers les autres salons, à moins qu'ils ne s'attardent à débiter leurs longs compliments avant de prendre congé. Un petit attroupement s'était formé autour de l'inconnue qui avait si heureusement jouté avec Leonardo Loredan. On s'écarta à l'approche du Nonce, salivant déjà à l'idée de savoir comment une femme si agile de la langue s'en tirerait face à la réprobation attendue de la part de ce petit homme aigre. On ne fut pas déçu.

– Mon enfant, votre spectacle était à la fois beau et intéressant, lui dit le Cardinal. Cependant, si vous avez magnifié les arts et la philosophie, je déplore un grand absent, dans tout cela : Dieu !

– Dieu absent, Monseigneur ! Oh, l'homme d'Église que vous êtes sait bien que cela ne se peut ! Dieu n'inspire-t-Il pas la moindre de nos paroles ? Et d'ailleurs, n'est-ce pas glorifier Dieu que de glorifier les talents qu'Il distribue, l'amour qu'Il sanctifie et l'État qu'Il protège ?

Quelques murmures répondirent à la repartie. Pas mal de sourires aussi. Les Vénitiens ne résistent pas au plaisir du bon mot dirigé contre un impertinent. L'espace d'un éclair, Aurelio avait croisé le regard de la belle. Mais celle-ci s'était détournée en apercevant le visage de celui qui, derrière l'épaule du Chancelier, ne perdait rien à la scène. C'était Gritti.

– Messer Chancelier, dit à mi-voix le provéditeur Gritti, il est insupportable de voir cette femme se produire ici. Savez-vous au moins qui elle est ?

Aurelio s'entendit nommer Laura, en éprouva un plaisir secret.

– Il me faut partir, Messer, reprit Gritti. Je vous prie de vous rendre à mon appel, demain matin, au bureau de Messer Badoer. Je viens d'ailleurs de lui parler et l'ai prié comme vous de la surveiller. Nous en reparlerons demain. Bonsoir.

Sur ces paroles, Gritti salua, tourna les talons, disparut vers la sortie. Aurelio se déplaça dans la foule, salua des visages connus, échangea des paroles aimables ici et là, complimenta quelques dames. Il cherchait à rejoindre l'Inquisiteur Badoer, mais celui-ci était entouré d'un groupe compact qu'il était difficile de percer. Il s'aperçut que Laura venait de quitter un autre groupe au milieu duquel la Signora Trevisan, rivière d'émeraudes et verbe haut, pérorait à grand renfort d'affirmations. Dans le monde féminin des réceptions, la Signora Trevisan prétendait incarner un courant classique, respectueux de l'érudition, mais jaloux des privilèges de la naissance. Adriana, au contraire, parce qu'elle était née, pouvait s'afficher résolument plus libre. Laura avait séduit Adriana ; venait-elle de séduire la Signora Trevisan ? C'était la question que se posait Aurelio lorsqu'il vit la Vénus de Praxitèle louvoyer entre les groupes d'un pas rapide, presque un pas de fuite. Dans la salle de bal, violes, flûtes et tambourins invitaient à la pavane, à la gaillarde. Le jeune Vendramin avait interrompu la fuite de Laura et, s'emparant de sa main, tous deux s'étaient rangés parmi les danseurs. Aurelio les suivit, les regarda danser. Lui qui, après dîner, se réfugiait ordinairement dans les salons où l'on philosophait, se laissait aller à la cadence de la musique et aux évolutions de la danse. À la première interruption, il s'avança :

– La Reine des Muses acceptera-t-elle de danser avec le Chancelier de la République ?

– Oh, Messer Nicolò Aurelio, c'est un honneur pour moi de danser avec celui à qui incombe la noble charge de signer tous les décrets de la Sérénissime.

Ainsi, elle connaissait son nom, sa fonction. Jouait-on à armes égales avec cette femme ? Elle devait savoir quelle main avait écrit l'arrêt de mort de son père. Aurelio se plaça en face d'elle, s'aperçut que son regard avait la couleur du miel et que son teint avait l'éclat de la rose, un matin d'été. Au signal de la viole, il la salua, décrivit un cercle autour d'elle, se replaça sous son regard.

– Laura… prononça-t-il, songeur. Quel nom accole-t-on à ce joli prénom ?

– Aucun, Excellence. Laura, cela suffit.

– Vous avez raison… Laura. Il y a du mystère à ne porter qu'un prénom. Ne brisez jamais ce mystère.

Elle dansait avec une grâce étonnante. Aurelio, qui détestait les entrechats et les révérences, se prenait au jeu de la danse, au plaisir enivrant et trouble de contempler cette femme de près. Hélas, à la fin du morceau, Adriana surgit entre sa cavalière et lui :

– Chancelier ! s'écria la maîtresse de cérémonie de sa voix gaie et chantante. Mais je vous vois dansant ! Allons, qu'on ne m'ôte pas le plaisir de danser à mon tour avec vous !

Il sourit à la sémillante Signora Foscarini, vit Laura s'éloigner mais rejointe par l'Inquisiteur Badoer. Il vit la longue main anguleuse du vieil homme agripper le bras de la jeune femme, lui parler comme à une enfant, approuver ses paroles. Puis elle disparut un moment dans la foule. Où pouvait-elle être ? Aurelio se prit à la chercher, éprouva un pénible sentiment d'abandon. Quand il la retrouva enfin, penchée sur un miroir, il eut le sentiment de lui voler un instant de solitude, d'abandon.

De le lui voler ou de le partager avec elle ? Il négligea de répondre à la question, lui tendit la main, sentit sa surprise mais il lui sourit avec aplomb et elle céda devant son assurance. La seule manière de surveiller cette femme n'était-elle pas de la faire danser avec lui ? Mais aussi, il tentait de la dominer en opposant à son charme dangereux l'insistance muette de ses yeux clairs. Entre deux révérences, l'espace d'instants qu'ils prolongeaient, leurs regards se croisaient et le Chancelier plongeait dans les yeux dorés qui lui souriaient. Il lui semblait alors qu'ils buvaient ensemble la coupe d'un même poison, qu'ils s'engageaient dans la même fuite hors du temps et que le reste du monde s'estompait.

La danse est une parade amoureuse. Les pieds vont et viennent, les bras voltigent, le mâle trace ses cercles autour de sa cavalière et chaque fois qu'il se redresse ou qu'il se tourne, il la possède un peu plus et elle se laisse posséder. Et il voyait la douceur s'épanouir sur ce beau visage régulier et fin, et il devenait grave, le Chancelier, mais en même temps, il s'enivrait de lui adresser les gestes de la parade amoureuse.

La nuit était avancée lorsqu'il appela sa gondole Parmi le bercement de l'eau, il se sentit porté sur un lac bleu, dans une aurore rose et couleur de miel.

10 : DES LENDEMAINS

Il se réveilla le lendemain dans une disposition étrange. Peut-être est-ce ainsi que se réveille le naufragé rejeté après une nuit de tempête sur une plage calme, ensoleillée. Sa première impression fut celle du bonheur indicible d'être en vie. Et dans son étonnement, il s'en alla pêcher un à un les éléments de ce bonheur, pour en refaire un tout. Sans hâte, il ramena à la surface de sa mémoire chaque instant où Laura lui était apparue sous un angle nouveau, comme un diamant que l'on expose à la lumière pour en détailler les facettes. Laura. Son teint de rose, ses yeux de miel, sa robe bleue, son sourire éclatant, sa grâce, le moindre de ses gestes, peu de paroles, mais la certitude que s'était ouverte une fenêtre donnant sur l'infini. Il se complut un instant dans une extase muette et dangereuse. Il se sentait aspiré, soulevé d'une exaltation délicieuse qui échappait à son contrôle. Il fut conscient de ce vertige.

Il se ressaisit, appela son valet, fit ses ablutions, prit un repas, se vêtit, mais quelqu'effort qu'il fît pour s'en détourner, le souvenir de Laura lui revenait, insistant, interrompait ses pensées, les imprégnait, comme il arrive dans un état d'ivresse ou de trouble intense. Rendu dans son bureau de la chancellerie, le décor austère, les odeurs de cire, d'encre et de vieux papier, Ser Cartelloni et son empressement inquiet le rendirent à lui-même.

Dans quelques heures, il devrait donner la réplique à Andrea Gritti. Que lui dirait-il ? Ce que Gritti savait lui-même, en somme. Des présomptions. Elle avait, la veille, joué à la perfection son rôle de courtisane. Un prénom, et une seule prétention, celle de plaire. Il fallait donc attendre et ne pas relâcher la surveillance. Mais peut-être Gritti savait-il des choses qu'il ignorait. Après tout, le provéditeur la connaissait depuis plus longtemps que lui.

Mais surtout, cette enquête sur la mort de Girolamo Contarini, cette enquête dont Gritti ignorait probablement l'existence, mais dont Badoer l'avait chargé, que deviendrait-elle, s'il devait avoir le jugement troublé par un sentiment qu'il n'osait encore nommer ? Que fais-tu, Aurelio, toi dont la fonction se résume à mériter la confiance par une fidélité adamantine, dont l'éthique personnelle est marquée du sceau de la droiture et de la clarté du jugement ? Va au diable, Aurelio. Tu sais bien que cette femme conspire et que te séduire faisait partie de son plan. Il en était là de ses pensées lorsqu'un commis vint lui dire que le Seigneur Gritti le convoquait chez l'Inquisiteur.

Andrea Gritti était le vainqueur de Padoue, celui qui, après la catastrophe d'Agnadello, avait rendu à la République l'espoir essentiel d'exister encore. La réussite commerciale et politique avait depuis longtemps transformé le jeune homme aimable en homme d'État déterminé et autoritaire. À cinquante-six ans, le *provveditore in campo*, l'envoyé du gouvernement aux armées, avait assez prouvé sa valeur tant sur les champs de bataille, où il montrait sa ténacité, qu'au Sénat, où il déployait son éloquence et la force de ses arguments. Nul ne lui contestait son autorité, mais avec l'âge, celle-ci avait évolué vers une dureté un peu méprisante qui s'accordait bien avec son physique d'athlète et sa voix d'airain.

Il écouta avec patience le rapport du Chancelier.

– *Provveditore*, conclut Aurelio, je comprends vos alarmes mais on ne peut rien reprocher à cette courtisane. Elle se fait appeler de son seul prénom. Et rien, dans son discours, ne fait la moindre allusion à un passé dont elle voudrait se prévaloir.

Sur quoi l'Inquisiteur, dans son langage nuancé, rapporta sa conversation avec la fille du condamné de Padoue, le conseil qu'il lui avait donné et l'impression favorable qu'elle lui avait laissée. Aurelio se sentit secrètement soulagé, encore qu'il se le reprochât aussitôt.

– *Signori,* je vous écoute avec consternation, répondit Gritti. Cette femme était destinée à disparaître. Ce fut une erreur que de la laisser en vie. À vous entendre, elle aurait oublié une blessure qui ne se peut refermer. Or, sachez qu'un animal blessé est dangereux pour le chasseur qui lui a laissé la vie.

– En quoi voulez-vous qu'elle nuise, dans l'état où la voilà réduite ? plaida Badoer.

Ce fut assez pour que Gritti parte en guerre, haussant le ton :

– En quoi, Monsieur l'Inquisiteur ? Mais nous sommes en guerre, Excellence. La guerre fait rage non seulement à l'extérieur de l'État, mais entre nos murs ! Entre ceux qui veulent céder des villes à nos ennemis et ceux qui veulent les garder ; entre ceux qui veulent se tourner vers le large et ceux qui veulent conserver la *terraferma* pour laquelle nous sommes en train de nous battre, de verser notre sang et de ruiner le trésor public ! Nous avons mille raisons de nous opposer entre nous et vous savez bien quelles luttes font rage au sein de nos Conseils. Vous savez que la cohésion actuelle de l'État n'est due qu'à la grande fermeté dont fait preuve le Conseil des Dix, appuyé par la détermination de nos armes. Que la fille d'un traître vienne, au sein même de notre aristocratie, tenir des propos factieux après s'être introduite dans le lit de nos patriciens, dans les boudoirs de leurs épouses, qu'elle pousse sa pantomime jusque devant le Doge, vous n'y voyez donc aucun danger ?

– Cette femme ne manifeste aucune intention de jouer ce rôle…

– Faux semblant, *Signori !* Stratégie et mensonge ! Elle a une idée en tête. Il faut l'amener à se dévoiler.

– Voulez-vous donc la soumettre à la question ? avait lancé l'Inquisiteur dont les mains s'étaient révoltées à cette idée.

– Je veux vous convaincre, *Signore Inquisitore*, ponctua Gritti, vous et vos deux collègues, que l'existence de cette femme à la place qu'elle occupe est une menace pour la République. Je veux vous convaincre d'y mettre bon ordre, selon les pouvoirs qui vous sont donnés.

Aurelio et Badoer s'échangèrent un regard. Gritti parlait bel et bien d'une condamnation à mort. Et comme toujours après la chute d'une intervention du provéditeur, ponctuée comme d'habitude par un poing percutant la table, il se fit un silence. Mais il fut de courte durée car Aurelio, qui avait depuis un temps mesuré les réserves de l'Inquisiteur, savait quelle carte sortir de son jeu pour emporter la mise :

– Dans l'état actuel des choses, je vous rappelle que les dossiers du père et du mari sont clos : ils ont payé. Sauf plainte nouvelle, nous n'avons aucune raison d'en ouvrir un contre la fille.

Cette réplique lui valut de la part de Gritti un regard furieux. Aurelio lut à livre ouvert dans les pensées du provéditeur : opposer à la conviction d'Andrea Gritti un argument de pure procédure est bien dans les manières d'un homme d'administration. Ah ! Aurelio ! Insinuant comme la couleuvre de ton blason, sans autre pouvoir que la logique du système qui t'emploie, ne sortant jamais de ton rôle, mais capable, malgré ton peu de poids, de faire pencher le plateau d'une balance. Cela me convenait bien, lorsque tu étais mon secrétaire, à

Constantinople. Mais de quoi te mêles-tu ici ? Un jour, camarade, je te casserai.

Mais Aurelio se garda bien se sourire lorsque Gritti conclut en se levant :

– Fort bien. Je vois qu'il nous faudra employer d'autres méthodes….

Car en tant que Chancelier, il savait aussi qu'il existe des victoires amères. Gritti parti, l'Inquisiteur Badoer se tourna vers Aurelio :

– Et à présent que nous sommes seuls, Messer Aurelio, dites-moi où en est votre enquête.

– Hélas, Excellence, je n'ai rien de concret à vous proposer. J'ai des pistes, des soupçons, mais aucune preuve. Mes recherches sont d'autant plus lentes que vous m'avez imposé d'être discret et que les moyens dont je dispose sont détournés.

Alvise Badoer comprenait. Il confirma l'ordre de discrétion et donna son congé au Chancelier en lui recommandant de faire surveiller la courtisane Laura. Il n'était d'ailleurs pas besoin de le lui préciser.

Sur le chemin de son bureau, Aurelio songea que l'Inquisiteur Badoer était peut-être lui aussi conquis par Laura mais que lui-même avait à s'en méfier pour une double raison : protéger l'État, et se protéger lui-même. La deuxième tâche s'avérait la plus difficile. Quant à la première, il devait poursuivre son enquête, poster des mouches, tâcher, par les domestiques qui écoutent aux portes, de savoir quels propos s'échangeaient Laura et ses admirateurs. Savoir ce qui se disait à l'arsenal… Et trouver le lien avec la mort suspecte de Girolamo Contarini.

– Mosca ! appela-t-il en passant devant le bureau des vigili della notte.

Mosca apparut quelques pas plus loin comme sortant d'un trou noir de la muraille. Il émergeait d'un escalier étroit, il existait plusieurs accès aux salles basses du palais. Mosca se courba devant la toge du chancelier, ferma sur lui la porte du réduit qui servait de bureau au sbire.

– Cette nuit, on a repêché un cadavre dans la lagune, Excellence.

Ce n'était pas en soi une nouvelle fracassante mais dans le climat suspicieux qui montait en ce moment, Aurelio se sentit frémir.

– Un très jeune homme… précisait Mosca.

C'était la variante de la très jeune femme, mais on les trouvait noyés pour les mêmes raisons, souvent.

– Sandro Vascarelli.

Le giton de l'homme assassiné, pensa Aurelio. On l'avait presque oublié, celui-là. Et pourtant, il constituait une piste parfaitement vraisemblable. Mais l'image de la courtisane Laura était venue se superposer depuis, s'imposer, troubler l'esprit de déduction, l'esprit tout court.

– L'avez-vous identifié avec certitude ?

Mosca ouvrait grand ses yeux saillants. C'était sa façon d'appuyer ses affirmations.

– Je vous ai dit qu'il était connu des sbires. Ser Malcalmo, mon collègue, était allé un soir mettre de l'ordre dans une rixe du côté de *Sant'Aponal*. Il le trouva gisant en travers de la porte et l'amena finir sa nuit aux *pozzi*. Mais comme il avait une main en sang, on appela le lendemain Ser Butiron, notre légiste. Ah, Ser Butiron sait bien découper les cadavres, Excellence, mais, vu l'état de la main du damoiseau, il jugea plus vite fait de lui sacrifier deux doigts vilainement écrasés.

– Et lui avez-vous trouvé d'autres blessures ?

– À la tête, comme pour Ser Girolamo, mais moins profondes…

– Il était plus fragile…

– Mais aussi à la jambe. Et puis des tatouages autour des…

Un geste de la main localisa la chose. Une mode, chez les gitons.

– Et puis des traces de...

– Cette fois, la main qui se déplaçait vers les reins s'arrêta à la hanche.

– Bien sûr. Ser Butiron a-t-il dit à quand remonte la mort ?

– Pas facile. Il était déjà très gonflé. Ça veut dire que les blessures peuvent être l'œuvre des courants, des ponts, des rames de chalands… Voulez-vous le voir ? Il est en bas.

Mosca souriant avait troqué son air de conspirateur contre celui du père de famille qui invite à venir contempler sa fille en robe de mariée. Non, Aurelio ne voulait pas voir les trouvailles des sbires ni les ouailles de Ser Butiron dans son lieu de culte qui ne sentait pas l'encens. Il avait gardé de sa précédente visite aux culs de basse fosse une mémoire trop vive pour vouloir renouveler l'expérience et sa mémoire olfactive se rebella.

– Que Ser Butiron fasse son rapport en répondant clairement à la question de savoir si, selon lui, il s'agit d'un accident ou d'un nouveau crime, et s'il peut affirmer qu'il s'agit d'un crime, qu'il se demande si ce crime est signé de la même main qui aurait pu expédier Ser Girolamo.

Mosca prit un air grave, hocha la tête, se signa.

– Ah, Messer Chancelier, voilà deux hommes morts sans confession à qui Dieu n'a pas dû parler avec miséricorde. Quant à ce damoiseau, c'était une âme perdue et en ce moment, il doit griller en enfer.

– Que savons-nous de la miséricorde de Dieu, Mosca ? Et d'ailleurs, nous savons peu de choses sur ce jeune homme. Vous avez du monde, n'est-ce pas, à *Sant'Aponal* ? Enquêtez là-bas aussi. Pour Sandro Vascarelli, vous n'aurez pas besoin d'être discret et je ne serais pas étonné de trouver un lien entre ces deux hommes repêchés dans le canal.

– Trois, Excellence, corrigea Mosca avec un regard en coin, trois. Vous oubliez Giorgione.

C'était vrai. Aurelio avait oublié Giorgione. Mais le cas de Giorgione était un accident avéré, un accident qui s'était produit souvent, sauf que le dernier, comme il fallait s'y attendre, avait mal tourné. N'empêche. Il repensa à Giorgione, au tableau inachevé qui dormait en ce moment dans son atelier déserté. Selon les dires du peintre disparu, bien que la scène ne reprît que trois personnages, deux autres étaient présents : Contarini, qui était passé trop vite pour le croquer, et Giorgione, le spectateur. Cinq personnages. Des cinq, trois avaient été repêchés dans un canal ; deux étaient morts, le

111

troisième allait en mourir. Étrange. Si, comme beaucoup de ses contemporains, Aurelio eût cru fermement aux forces de l'enfer et en eût éprouvé une peur intense, il eût affirmé le lien entre ces trois signes de la puissance infernale. Mais Aurelio était un humaniste façonné à la pensée de l'Antiquité Romaine. Il lui fallait des faits, car pour lui, qui n'allait pas jusqu'à nier les puissances infernales, il savait que celles-ci se servaient largement des humains.

– Travaillez donc *San Paterniàn* et retournez à l'arsenal, Mosca. Ce n'est pas parce que nous semblons trouver des réponses qu'il faut cesser de se poser des questions.

11 : UNE REDISEUSE

À quelques jours de là, Nicolò Aurelio croisa par hasard Andrea Gritti dans l'escalier du palais. Le provéditeur semblait pressé ; il salua le Chancelier d'un geste vif puis, interrompant son élan, le rappela avec désinvolture :

– À propos, Chancelier, la courtisane Laura devient notre informatrice. Vous pouvez donc la mettre à l'épreuve.

L'épreuve. Dans la forêt d'espions que comptait Venise, la République choisissait les siens en leur distillant une fausse information qui devait revenir au palais avec promptitude et sans altération. N'était-ce pas Venise qui avait inventé l'ambassadeur que l'on appelait orateur et l'espion que l'on appelait rediseur ? La *boca della verità* servait au peuple ; les informations qu'on y recueillait n'étaient pas toujours très sûres. L'oreille du Grand Chancelier se voulait plus sélective.

– Envoyez donc un faux marchand chez la Laura pour éprouver ses qualités de rediseuse, dit Aurelio à Mosca.

Brave Mosca, se dit-il. Il envoyait le *vigilo della notte* dans bien des directions : chez Contarini, à l'arsenal, à *San Paterniàn*, au casìn d'Anna Cortina… Et tout cela sans grand résultat jusqu'à présent.

Les deux jours suivants ne lui apporteraient pas davantage, puisque la fête de la *Sensa* interrompait toute activité. Le jour de l'ascension, au son de toutes les cloches de la ville, les autorités de Venise, Doge, haut clergé, ambassadeurs, noblesse et épouses, embarquaient sur le *Bucintoro,* la galère d'apparat dont on avait ravivé les ors, battu les coussins et accroché les tentures de velours cramoisies. Tirée par une quantité de barges remplies de rameurs, suivie par une infinité de gondoles privées aux couleurs des familles, le *Bucintoro* se rendait au *Lido*, où le Doge lançait dans la mer un anneau d'or. Chaque année, Venise célébrait ainsi ses épousailles avec la mer, affirmant par là que celle-ci était sa compagne, sa complice, sa chose, la source de sa prospérité, l'objet de sa vénération et de sa jalousie. L'après-midi était consacrée à la fête ; les cuisines en plein air se multipliaient sur les îles, on invitait ses amis, on buvait, on dansait jusqu'à la nuit tombée.

Mosca réapparut le surlendemain.

– Déjà, Mosca ? Des nouvelles de notre giton ?

– Non, pas du giton, Excellence. Mais au dîner de la *Sensa*, j'ai eu l'occasion de rencontrer un contremaître de l'arsenal. Dans l'ambiance de la fête, et le vin aidant, il m'a dit des choses que vous aurez plaisir à savoir.

Le plaisir malin, triomphant, affûtait déjà le visage de Mosca. Aurelio fit un geste en direction de la porte que le sbire s'en alla fermer. Cela eut pour effet de le transformer en conspirateur.

– Comme quoi il ne faut pas juger les gens sur leur nom, Excellence, murmura-t-il. Autant Ser Benvenuto a été malgracieux, autant Ser Malitorno m'est venu en aide. Ser Malitorno m'a dit ceci : par un beau matin du 15 d'octobre dernier… Il se souvenait précisément de la date, vu que la veille, c'était la *San Fortunato*, qui est son saint patron, et qu'ils étaient allés la veille au soir en famille entendre la messe. Or, par le beau matin du 15 d'octobre dernier… Tous les 15 du mois, une heure avant méridienne, Messer Girolamo Contarini tenait réunion avec les trois contremaîtres du calfat. Donc, le beau matin du 15 d'octobre dernier…

– Soit deux jours avant l'autre beau matin où vous avez trouvé mort Ser Girolamo, précisa Aurelio.

Mosca acquiesça d'un grand mouvement de tête.

– Tout juste. Mais celui du 15 octobre dernier, disais-je, Ser Contarini, qui devait présider la réunion, est arrivé avec une demi-heure de retard. Il avait l'air égaré, n'avait pas coiffé son bonnet, avait les cheveux en désordre, et il était proprement hors de lui. Il proférait des propos obscurs sur le calfatage des âmes et sur l'arsenal de Dieu, et sur les flammes et non point l'eau de mer qui passent entre les planches, et après quelques phrases de la même eau, si je puis dire, il se serait levé comme un évêque allant à l'autel et serait retourné à sa gondole sans passer par son bureau.

– Sans rencontrer Ser Benvenuto.

– Sans le rencontrer.

– Vous avez dit que les contremaîtres étaient trois. Avez-vous pu approcher les deux autres ?

– Oui et non, Excellence. C'est à quoi je me suis employé hier, mais l'un, prenant exemple sur Ser Benvenuto, n'avait pas porté grand intérêt à l'apparition de Ser Girolamo, trop content de retourner à son chantier ou d'aller boire son *ombra* à *la Sirena*. De toute façon, il ne se souvenait plus de rien. Quant à l'autre, il m'a dit n'avoir pas été étonné plus que cela par le comportement de Ser Girolamo, vu qu'il garde chez lui sa belle-mère qui est à moitié démente et crie tous les jours que le diable vient lui brûler les pieds. Voilà un témoignage, n'est-ce pas, qui vient confirmer celui de Ser Malitorno…

– On peut le voir ainsi, Mosca.

Aurelio fit de la main un signe de doute modéré puis s'abîma dans un silence méditatif que Mosca respecta.

– Étrange… murmura enfin le Chancelier. En somme, vous êtes en train de me dire que Ser Girolamo aurait eu un accès de démence. Et cela explique aussi qu'il ait traversé le salon sans saluer Giorgione…

– Je vous demande pardon… ?

– Rien, rien. Je pensais à haute voix. Qui pourrait nous fournir une explication de tout cela ? Son valet de chambre, Mosca. Savez-vous ce qu'est devenu le valet de chambre ? Vos mouches autour du palazzo Contarini doivent le savoir. C'est le valet de chambre qu'il convient d'approcher, à présent.

Chargé de sa nouvelle mission, Mosca eut à peine quitté le bureau du Chancelier que la porte se rouvrit avec précaution et Ser Cartelloni, le secrétaire, murmura un flot d'excuses.

– C'est une dame qui demande à voir Son Excellence, finit-il par dire.

– Demandez-lui d'attendre, je vous prie. Je sonnerai.

Aurelio s'empara d'un feuillet vierge au milieu duquel il disposa, séparés de grands intervalles, les mots suivants : 15 octobre matin : Arsenal. 15 octobre soir : notaire. 16 octobre matin : Inquisiteurs. Puis, décalé un peu par rapport au mot « notaire », le signe : †.

Au bas de la feuille : Novembre : Giorgione : †. Et plus bas encore : Mai 1511 : Vascarelli : †. Il avait laissé un espace au-dessus de 15 octobre. Ce qu'il écrirait là serait la piste. Y avait-il un rapport entre les trois † ? Rien ne pouvait l'affirmer. Ce qui était certain, c'est que les questions se multipliaient et que le tableau devenait de plus en plus difficile à composer.

Une crise de démence de Girolamo ; Pietro l'apprend et, pour éviter que ne s'évade la fortune familiale, il fait assassiner son frère. Mais pourquoi demander l'intervention des Inquisiteurs ? Une affaire d'État. Lequel des deux frères était sur le point d'accuser l'autre ? De quoi ? Poussé par qui ? Problème d'argent ? Problème d'État ? Problème de sexe ? Ou les trois à la fois, cela arrive. Qui attend dans l'antichambre ? Peut-être une réponse ou une question de plus. Il s'empara de la clochette.

La porte s'était ouverte en silence. Le nez sur son papier, il triturait son énigme, tentait encore de placer dans une composition cohérente les personnages et les passions qui en étaient les constituants objectifs, abstraits. Mais quand enfin il leva les yeux, l'image vivante, étincelante de Laura lui sauta au visage. Il sentit son cœur bondir et pour cacher son trouble, se leva précipitamment pour lui avancer une chaise.

– Laura, quelle surprise... j'espère qu'on ne vous a pas fait attendre trop longtemps.

Quel idiot fais-tu, Aurelio, pensa-t-il. C'est toi qui l'as fait venir et attendre. Mais il entendit avec un transport de volupté indicible la voix mélodieuse de la jeune femme lui répondre avec douceur :

– Oh, Excellence, le temps n'a pas beaucoup de signification pour moi. Savez-vous que j'ai espéré votre visite ?

– Soyez assez aimable pour l'espérer encore. Je vous la promets. Mais les devoirs de ma charge m'éloignent de vous. Il faudra du reste que j'y mette bon ordre. Toutefois, vous voilà. Et puisque c'est vous qui êtes venue à moi, je n'ai plus d'oreille que pour vous.

Ce n'étaient que des paroles, mais c'était affreusement vrai. Il se le reprochait, d'ailleurs. Mais il se laissait aller à cette autre volupté de dire sur le ton badin du compliment mondain des galanteries qui correspondaient exactement à son état d'esprit, des aveux qui passaient pour des mensonges.

Il avait repris sa place derrière le grand bureau de bois verni. Elle était ravissante, avec sa large robe de satin bleu, son mantelet de velours d'un bleu plus intense et son bonnet de plumes. L'air vif lui avait mis du rose aux joues et ses yeux de miel sombre souriaient toujours. Aurelio sentit monter une bouffée de désir, fit effort pour calmer les battements de son sang, s'étourdit dans la contemplation de la jeune femme dont l'image charmante paraissait si incongrue, si étrangère au cadre austère qui l'entourait.

– Excellence, la République m'a demandé de la servir en rapportant ce que, dans ma position, je serais amenée à entendre et qui pourrait l'intéresser. J'ai reçu hier un marchand anglais du nom de John Ruthford. Il m'a fait état de rumeurs selon lesquelles l'artillerie du roi de France est en train de mettre au point un canon de grande puissance capable d'atteindre la Piazza San Marco depuis Fusina.

Le vertige se dissipait enfin. Aurelio fronça le sourcil, leva le menton. Il retrouvait son air de calme autorité.

– Cependant, continuait Laura, j'ai posé à ce John Ruthford des questions d'intérêt particulier concernant son négoce de drap. Il m'a dit être passé par toutes les villes d'Europe où se pratique ce commerce, mais ne pas connaître Bruges ni Provins. Voilà qui est étrange : les villes de Flandres et de Champagne sont les premières places du marché de la laine. Veuillez excuser toute cette science, je la tiens d'un vrai marchand que j'ai rencontré il y a peu. D'autre part, il m'est venu une réflexion toute personnelle, étant allée une ou deux fois à Fusina dans mon enfance. Fusina est une plaine marécageuse ; un canon de gros calibre ne peut être que monstrueusement lourd et impossible à mouvoir sur ce terrain gorgé d'eau. En un mot, cette information semble suspecte tant par sa source que par son contenu. Cependant, je vous la livre, selon ma promesse.

Aurelio avait écouté sans bouger un cil. Il l'observait en silence et se forçait à demeurer impassible. Mais insensiblement, ses yeux se plissaient, des pattes se creusaient au coin de ses paupières. Elle baissa les yeux et regarda ses mains. Il en profita pour reprendre contenance, paraître impénétrable.

— Est-ce tout ce que vous avez à nous dire ?

— Oui, Excellence.

Nicolò Aurelio ne se leva pas tout de suite. Il semblait attendre d'autres paroles et observait Laura en silence.

— Je vous remercie, Laura, dit-il, s'animant enfin d'un élan résolu. La Sérénissime apprécie votre aide. Continuez ainsi. Écoutez et venez me faire rapport, quelle que soit l'étrangeté apparente de ce que vous entendez.

Quand Laura leva les yeux sur lui, le regard qu'elle croisa était à la fois une caresse et un hommage.

Le Chancelier la reconduisit vers la porte, s'effaça pour la laisser sortir.

– J'aurai toujours plaisir à vous entendre, dit-il en lui embrassant le bout des doigts.

Elle disparut dans un froissement de soie. La fenêtre du bureau donnait sur la cour intérieure du palais. Aurelio, posté derrière la croisée, surveillait la double rangée d'arcades de marbre soutenant l'austère façade ocre. A droite, les coupoles de Saint-Marc ponctuaient le ciel, surplombaient des pans de murs percés d'œil-de-bœuf géants, inquiétants comme des yeux de cyclope. Une horloge y battait les minutes.

Quand apparut la fine silhouette de Laura emballée dans son mantelet de velours, les mains frileusement retenues dans le drapé de ses vastes manches, Aurelio la suivit des yeux. Son pas était si léger qu'elle semblait danser sur les pavés irréguliers. Elle traçait son chemin, mutine et décidée, disparut sous l'ombre des voûtes. Il resta immobile un instant encore à contempler le vide, ne pensant à rien, assistant prostré à la tempête de ses émotions, guettant leur accalmie.

Il se réveilla brusquement de son engourdissement, se rua à grandes enjambées vers la porte du bureau, l'ouvrit dans un geste rageur, et, sans regarder personne, cria à la cantonade, à qui était là pour l'entendre et bondir à son ordre :

– Qu'on aille me chercher Mosca ! Tout de suite !

– Hélas, Excellence, il est sorti aussitôt qu'il vous a quitté.

– Qu'on me l'envoie, dès son retour !

On comprit, rien qu'au rugissement de sa voix, que le sbire allait passer un mauvais quart d'heure.

12 : UN JOUR FUNESTE

Il se trouve, au cours de l'existence, des jours funestes. Mosca s'en persuada lorsque, passant à côté de Ser Cartelloni, celui-ci le gratifia d'un sourire d'une suave bienveillance nuancée de cet air de pieuse commisération que l'on affiche aux enterrements. La porte du bureau de la chancellerie était demeurée ouverte et Ser Cartelloni saluait Ser Mosca tout en pointant sa plume vers la statue immobile du Chancelier plongé dans la lecture d'un rapport. Un coup d'œil de Mosca vers le visage fermé de la statue et surtout le fait que le secrétaire s'était précipité pour fermer la porte aussitôt qu'il fut entré suffirent à confirmer à Mosca qu'il vivait un jour funeste.

Aurelio laissa au sbire un temps raisonnable pour prendre racine, planté comme un arbre isolé devant un parterre de paperasses. Une explosion soudaine : une main lourde venait de refermer une enveloppe de carton. C'était le signe avant-coureur de l'orage et l'averse fut cinglante :

– Bravo pour votre faux marchand, Mosca. Non seulement il ne sait pas où l'on achète la laine, mais il se pique de faire marcher des canons dans les marais. Bravo, vraiment. Où donc avez-vous recruté cet ignare qui s'en va raconter des fables à endormir les enfants...

Cela continua ainsi, le temps que Mosca se souvienne du *Signor* Bianchi et de la mission de routine qu'il lui avait confiée une semaine plus tôt.

– Excellence, Ser Bianchi est un de ceux dont nous nous servons parfois pour le travail des faux bruits. C'est un bergamasque qui a longtemps travaillé dans les services de la poste et voyagé en Europe...

– On peut douter qu'il ait jamais quitté l'Italie, Mosca, vitupérait Aurelio. On se demande même s'il a jamais quitté Bergame et vu Venise. En tout cas, il nous a coûté huit ducats, et cela pourquoi ? Pour ridiculiser la République en ridiculisant ses méthodes et ceux qui les appliquent. Pour *me* ridiculiser...

En dépit de l'éclat et de l'explosion de son point d'orgue, Aurelio savait, au fond de lui-même, que sa grande ire changeait les proportions des choses. Il ressentait une colère profonde à tourner en rond entre des noyés qui avaient cessé de parler et des suspects qu'il était impossible d'interroger. Dans certains pays, on ne prenait pas tant de précautions et il rêvait de mettre à la question toute la famille Contarini. Et puis aussi tout l'arsenal, et tout *San*

Paterniàn. Et tout le *casìn*. Mais penser au *casìn* éparpillait sa fureur dans toutes les directions, la faisait changer de nature, l'obligeait à reconnaître qu'il s'était laissé troubler par la présence de la donzelle apparue sur un chemin d'étoiles, faisant sonner sous son nez de hibou la clochette de son rire moqueur. C'était ainsi qu'il se représentait la visite de Laura : un instant magique, une vision céleste, si vite enfuie qu'elle le laissait déconcerté, piteux, en proie à des sentiments contradictoires. Il fallait d'autant plus faire payer aux maladroits la confusion dans laquelle il se débattait.

– Vous prierez ce Bianchi de rembourser les huit ducats qu'il nous a coûté et vous le renverrez à Bergame en le débarquant dans les marais de Fusina !

– Je le ferai, Excellence, si vous trouvez que cela s'impose, mais il ne le comprendra pas. C'est la première fois que cela arrive. Aucune fille jusqu'ici n'a eu le moindre soupçon sur les dires de Ser Bianchi. Et je me demande si la différence d'avec les autres fois, ce n'est pas la qualité de la fille.

– Que voulez-vous insinuer ? cracha Aurelio d'un ton rogue.

Mais en même temps, il sentit que Mosca touchait du doigt la vérité. D'ailleurs, le sbire se justifiait avec une simplicité désarmante :

– Ce n'est pas moi qui ai dit qu'elle était exceptionnelle, c'est la padrona elle-même. Cette fille est d'une dangereuse intelligence.

Aurelio se contenta de grogner. Voilà une chose qu'il savait depuis le premier instant : si cette femme se mettait à comploter, elle le ferait avec une telle intelligence qu'il serait bien difficile de la confondre. Andrea Gritti n'y était pas parvenu et lui, Aurelio, se sentait pris à son tour dans les rets de sa séduction. Mais un principe veut que le chef n'exprime pas ses craintes et qu'il ait toujours le dernier mot, en forme de leçon, avant de pousser plus avant dans l'action :

– Mosca, si les femmes se mettent à être intelligentes, cela veut dire qu'il est temps pour nous de l'être doublement. Et je vous prie de vous conformer à cette obligation. Que m'apportez-vous du côté de chez Contarini ?

Pour toute réponse, le sbire accentua son curieux air de chien battu : absence de malice, sorte de découragement, comme s'il acceptait les remontrances de son supérieur, non parce qu'il les méritait, mais parce que toute la terre, selon les inclinaisons des astres, était en train de vivre une journée funeste.

– Hélas, Excellence, on nous fait subir de bien mauvais traitements…

– Savez-vous au moins ce qu'est devenu le valet de feu Ser Girolamo ?

– Si fait, si fait… Mais nous ne sommes pas heureux ce jourd'hui.

Mosca pouvait parfois être exaspérant. Aurelio haïssait ce « nous » qui sous-entendait une égalité que leur travail commun de justifiait pas. A moins que ses circonlocutions ne soient faites que pour adoucir une nouvelle déconvenue, pensée qui fit sursauter Aurelio :

– *Per Bacco* ! Allez-vous m'annoncer que lui aussi, vous l'avez retrouvé noyé ?

– Oh, non, mais cela, je l'ai souhaité plus d'une fois, Excellence.

– Au fait, Mosca, au fait !

Le Chancelier, qui sentait revenir son irritation, avait haussé le ton. Mais Mosca redressait le col, bombait le torse, levait le menton, comme ferait un personnage très important à qui un manant réclamerait son dû.

– Excellence, le Seigneur Egidio Sambocca fut le valet de chambre de feu Ser Girolamo Contarini. Il fut couché sur le testament du défunt pour une bourse convenable et porte en permanence sur le revers de son bonnet une broche que lui a offerte son maître. Il s'agit des armoiries des Contarini réalisées en émaux sur cuivre. Le décès de son maître ne l'a pas livré à la misère, loin de là. Le Seigneur Egidio Sambocca n'est pas de ces valets que l'on prend à louage, non, il fait partie des gens de la maison, de ceux qui assistent aux naissances, vous servent d'anges gardiens, d'amis, de maîtres, de compagnons d'armes, de compères de débauche, d'âme damnée, de confesseur... On ne s'en sépare point pour mourir et ils s'imaginent avoir leur tombeau préparé dans le mausolée de la famille. Et si vous voulez mon appréciation, le Seigneur Egidio Sambocca se prend pour la réincarnation de Ser Girolamo. Plus : persuadé que Ser Girolamo aurait mérité d'être Doge, il se comporte à présent comme s'il était le Doge en personne !

Aurelio prit le parti de pincer ironiquement les lèvres devant les talents de comédien de son sbire.

– Le portrait est intéressant, Mosca, mais que vous a-t-il dit ?

– Rien, *per Dio* ! Qu'y a-t-il de commun entre ce grand seigneur et un pauvre homme du peuple comme moi ? Et je crois, Excellence, qu'il ne répondra pas à mes questions, à moins que je ne sois moi-même Grand Chancelier !

– Au moins lui en avez-vous posé ?

– Certes. Mais à peine avais-je fait allusion à la mort de Ser Girolamo qu'il se ferma comme une huître et m'affirma que c'était là la vie privée de son maître. Point, lui répondis-je, votre maître avait une charge publique qu'il avait reçue du Grand Conseil et au sujet de laquelle, moi, Andrea Mosca, également au service de la République...

– Et que vous répondit-il ?

– Que tout cela était du passé et que Ser Girolamo ne connaît désormais qu'une personne à qui il soit tenu de fournir des réponses : Dieu. Et je me trompais, Excellence, lorsque je vous disais que j'aurais dû être moi-même Grand Chancelier ! Car il appela un page pour me jeter dehors.

– Bien, dit Aurelio. Appelez-moi Ser Cartelloni, qu'il vienne muni de son écritoire.

Une heure plus tard, un commis à bonnet brodé du lion ailé remettait à la porte du palais Contarini un pli cacheté par la haute chancellerie adressé à Ser Egidio Sambocca. C'était une convocation au bureau de la question.

Une fenêtre étroite éclairait d'un jour gris la grande table sur laquelle étaient disposés comme sur un autel un crucifix sur pied, flanqué de deux candélabres aux bougies fatiguées, éteintes. Aux pieds du Christ, un exemplaire des Évangiles. Trois chaises de bois espacées derrière la table faisait face au tabouret de l'accusé, posé à quelque distance. Par un surcroît de cruauté, Aurelio avait pris la précaution de laisser ouverte la porte de la salle voisine, laquelle présentait un agencement identique, à ceci près qu'au lieu du tabouret solitaire était suspendue une corde, tout aussi solitaire, pendant mollement à sa poulie. Aurelio s'était assuré que l'homme patientait depuis un bon moment. Il avait donc eu tout loisir d'inspecter les lieux et de réfléchir à ce qui l'attendait. Lorsque le Chancelier, en robe rouge, fit irruption dans la pièce, il perçut le sursaut du visiteur.

– Messer Sambocca, n'est-ce pas ? lança-t-il avec désinvolture. Installons-nous ici, Messer, toutes les autres pièces de ce palais sont froides et l'on ne peut y parler librement.

Tout en disant ces mots, Aurelio s'asseyait à la table, étalait devant lui, sans hâte, des feuillets sans importance et surveillait du coin de l'œil la contenance d'Egidio Sambocca. Celui-ci s'était posé sur le petit tabouret, à peine plus confortable qu'une sellette, un pied plus bas que son vis-à-vis, s'y maintenait le dos droit, le menton relevé comme un tétras prêt à gonfler son jabot dans une parade hostile. Mais bien qu'ayant le nez coupant et rouge, il avait la poitrine creuse et triturait son bonnet où scintillaient les émaux des Contarini. Aurelio prolongea sciemment ces préliminaires. L'homme devait être conscient que ses mains trahissaient son malaise car au bout d'un moment, il posa son bonnet sur ses genoux, les armoiries bien en vue, croisa les bras sur la poitrine et attendit. Aurelio laissa ses feuillets dans un ordre quelconque et le dévisagea un instant avant d'égrener avec froideur :

– Messer Sambocca, vous m'avez obligé à vous convoquer, puisque vous n'avez pas daigné répondre aux questions de mon sbire. Puisque le mal est fait, il serait vain d'insister sur la perte de temps. Je me bornerai donc à vous rappeler –à vous prouver, devrais-je dire– que les informations qu'il voulait obtenir de vous étaient des informations requises par la République. Dois-je vous rappeler que toute dérobade à une requête de la république est un délit, et que tout délit est punissable ?

Aurelio avait l'habitude de poser des questions sur le ton du commandement ou plutôt de commander en faisant mine de poser une question. Un élève de Socrate en eût pâli, mais Egidio Sambocca avait ses méthodes : il faisait semblant de ne pas comprendre.

– Je n'ai rien à dire, Messer Chancelier.

– Étiez-vous, oui ou non, le valet personnel de Ser Girolamo Contarini ?

– Chacun sait cela, répliqua le valet, hautain.

– Oui ou non ?

– Oui, bien sûr.

– Dans ce cas, vous allez me dire ce qui s'est passé le 15 octobre 1510 au matin, ou peut-être dans la nuit, juste avant que votre maître ait à tenir à l'arsenal la réunion mensuelle avec les calfats.

– Demandez-le à mes maîtres, Messer Chancelier. Je ne suis qu'un valet. Je n'ai rien à vous dire.

– Vous étiez le valet personnel de Ser Girolamo. C'est vous que la République interroge.

– Mon maître est mort.

– Qui, mieux que vous, Messer, peut me parler de ce maître que vous regrettez ? tente Aurelio sur un ton conciliant.

Mais ce ton était bien peu dans la nature d'Aurelio, surtout lorsqu'il avait en face de lui un visage obtus. Il se força néanmoins :

– À qui, mieux qu'à vous, puis-je m'adresser pour comprendre le désarroi dont il fit preuve, en ce 15 octobre ?

Mais quand la réponse fusa : « À Dieu ! », Aurelio se sentit bouillonner, se tut, le temps de laisser tomber sa colère.

– Je suppose, Sambocca, que vous savez comment le République traite ceux qui refusent de parler, finit-il par prononcer, glacial.

Il pointait le doigt vers la corde de la pièce voisine mais il voyait bien que ce geste théâtral était sans effet devant la formidable obstination du valet, ou son formidable orgueil, ou son impénétrable folie. Il est des gens qui ont leur conviction si bien chevillée au corps qu'on les menace en vain des pires supplices. Et chacun se fait ses convictions ; la Sainte Église n'aurait pas à fêter tant de saints martyrs, si ce n'était vrai. Et, comme s'il avait lu dans ses pensées, le bonhomme lui disait :

– Oh, vous pouvez me torturer, ça m'est égal. J'ai ma conscience pour moi.

Imbécile, pensa Aurelio. Mais tout cela lui apparut soudain péniblement dérisoire. Dérisoire, cette stupide insolence du valet qui, dans son arrogance dérisoire, paraissait mépriser l'horreur de la corde. Aurelio, qui avait déjà entendu les hurlements des suppliciés, savait bien que Ser Sambocca parlerait comme tout le monde, si on lui liait les mains dans le dos pour le hisser à trois pieds du sol. Mais ce qu'il jugeait le plus dérisoire, c'était sa propre mise en scène destinée à en imposer à un esprit obtus qui se dérobait à ses manœuvres d'intimidation. Car le Grand Chancelier était le premier à savoir qu'aucun interrogatoire à Venise ne se faisait seul à seul ; que s'il y avait trois chaises dans la pièce, c'était parce que la plus ordinaire des affaires jugées par les *avvogadori* des Quaranties criminelles nécessitait au moins deux juges plus un secrétaire ; que lui, Aurelio, n'avait aucun moyen de faire revenir le valet sur sa décision de se taire. Enfin, si le valet s'était paré d'une dignité qui ne lui appartenait pas, le Chancelier s'était revêtu d'une autorité qu'il ne possédait pas davantage. Il fallait que cesse ce jeu de dupes.

Que faire ? Aurelio caressa l'idée de faire torturer pour de bon cette tête de mule. Il cesserait d'avoir la bouche tombant vers le bas, le sourcil à mi-hauteur du front et la paupière lourde sur un regard bovin. Oui, en cet instant, Aurelio l'humaniste aurait éprouvé du plaisir à voir cet animal cracher ses poumons, vider ses tripes et demander grâce à genoux. Mais pour obtenir cette chose si agréable à sa pensée, il eût été obligé de se rendre chez les inquisiteurs pour leur dire : « Je suis mis en échec par un valet ». Impensable. Le plus difficile est toujours de forcer les sots à un jeu sensé parce qu'ils obéissent à une autre logique. Quelle était la logique de ce *figlio di puta* ?

Aurelio s'était pris le front, considérait Sambocca, raide sur son tabouret bas, le visage fermé, l'œil fixé au-delà des objets. Que voyait-il ? Aurelio prit une décision.

13 : DES FLAMMES

Maîtrisant son aversion, le Chancelier se concentra sur ce qu'il s'apprêtait à dire, rassembla ses mots, pesant bien leur portée, parla avec lenteur :

– Messer Sambocca, je vais vous révéler un secret que vous ignorez encore. Non, ne me répondez pas qu'il n'avait pas de secret pour vous, bien que vous ne soyez pas Dieu, je veux bien vous croire. Car ce secret concerne un fait extérieur à l'âme de Ser Girolamo. Nous, État, nous savons un détail auquel vous ne pourrez demeurer indifférent. Vous tenez à honorer la mémoire de votre maître, n'est-ce pas ? Peut-être pouvez-vous faire plus encore pour lui, par exemple le sauver des flammes du purgatoire.

Aurelio avait concentré son regard sur ses mains, mais à la frontière de son champ de vision, il avait vu l'homme réagir sur les derniers mots de son discours, une idée parfaitement incohérente, mais des mots qui lui avaient échappé comme dans une envolée lyrique. Était-ce le mot « flamme » qui avait réveillé ce regard éteint ? Tout en observant cette lueur nouvelle, Aurelio avança la main vers l'exemplaire des Évangiles en faction au pied de la croix.

– Cependant, Messer, un secret concernant la famille Contarini, même pour le chef de famille, ne se révèle pas sans quelque précaution. Vous allez me jurer sur l'Évangile et sur le salut de votre âme que rien de ce qui sera dit ici ne sortira de votre bouche.

Évidemment, le bonhomme hésitait. C'était en effet paradoxal d'exiger un serment de silence à quelqu'un qu'on voulait faire parler. Ce l'était plus encore, qu'un homme élu pour sa discrétion révélât un secret. Aurelio avait décidé d'outrepasser ses instructions, c'était un risque à prendre.

– De votre serment dépend l'honneur de la famille Contarini, Messer, insista-t-il. Un jour peut-être, quelqu'un parlera et vous regretterez alors de n'avoir pas aidé sous serment à faire éclater la vérité. Je vous prie de vous lever et de poser votre main ici.

Que l'espace entre la sellette et la table sembla long ! Aurelio se tut, le temps que le cerveau de l'homme se mette en route, aboutisse à sa décision, commande à ses jambes d'approcher et à sa main de se poser sur le volume.

– Je le jure, fit-il enfin d'une voix tremblante.

– Répétez : Je jure sur l'Évangile et le salut de mon âme que rien de ce qui se dira ici à partir de cet instant ne sortira de ma bouche et cela, jusqu'à ma mort.

Les paroles sortirent, une à une.

– C'est bien, conclut Aurelio. Apprendrais-je que vous avez parlé, c'est moi qui vous ferais noyer dans le canal. Mais quand bien même je ne l'apprendrais jamais, c'est votre âme qui sera la proie des flammes.

Car il avait perçu que le mot *flamme* avait quelque pouvoir sur le valet.

– Maintenant, apprenez que votre maître n'est pas mort d'un accident déplorable, mais qu'il a été assassiné.

Le valet resté debout ouvrait la bouche comme un poisson sorti de l'eau. Actionnant plusieurs fois les mâchoires, il finit pas prononcer :

– Cela ne se peut.

– Cela est.

– Cela ne se peut. Ser Pietro me l'aurait dit.

– Ser Pietro ignore ce que vous savez, à présent.

– Ser Pietro nous a dit, à la prière du soir, que son frère avait eu un accident fatal.

– Ser Pietro n'a fait que répéter ce que nous lui avions dit.

– J'ai vu le corps de Ser Girolamo. Il était beau.

– Je l'ai vu avant vous. Avant le travail des nonnes de *San Zaccaria*. Il avait des blessures terribles, révélant des coups mortels. Veuillez me croire, Messer Sambocca. Quel avantage aurais-je à vous mentir ? Nous avons laissé croire à un accident parce qu'il n'y avait pas d'intérêt à révéler un assassinat qui aurait nui à l'honneur de la famille. Vous approuverez cela, j'espère. Mais à présent, il nous faut trouver le coupable. Puisque vous vénérez votre maître, aidez-nous à confondre son assassin.

– Dieu le confondra.

– Sans doute, mais nous avons le devoir d'aider à la justice de Dieu.

Aurelio s'attendait à un nouveau déni, mais le pauvre homme semblait avoir épuisé ses objections. Il s'était transformé, depuis qu'il s'habituait à une idée nouvelle.

– Assassiné... Par qui, *Dio mio* ?

– C'est ce que vous allez nous aider à trouver, Messer.

– Il n'avait pas d'ennemi...

– Chacun croit volontiers ne pas en avoir. Mais vous allez me dire enfin ce qui s'est passé le 15 octobre 1510 au matin, ou peut-être dans la nuit, avant que Ser Girolamo se rende à l'arsenal pour présider la réunion mensuelle avec les calfats. Vous pouvez vous rasseoir, Messer. Prenez votre temps, je vous consacre le mien.

Sambocca tremblait un peu, il fallait le remettre en confiance. Ses jambes cédèrent sous son poids et il s'affaissa sur la sellette. Visiblement, ses yeux revivaient une scène qui sans doute l'effrayait encore. La stupeur et l'angoisse l'emportaient enfin sur l'orgueil.

– Ah, Messer Chancelier, c'était ce rêve... Il s'était réveillé au milieu de la nuit, il hurlait, il était en sueur, en larmes... Pauvre maître...

– Que disait-il ?

– D'abord, des paroles sans suite : Je brûle, je brûle ! Arrêtez ces flammes ! Si vous aviez entendu cela... C'était affreux. Rien ne l'arrêtait. Il brûlait réellement... La fièvre. Je lui ai bassiné le front à l'eau fraîche, je lui ai présenté son infusion de valériane... Il a fracassé la tasse contre le mur et m'a envoyé chercher son confesseur.

– Dans la nuit ?

– Dans la nuit. Don Lazzaro est un saint homme. Il se dérange en pleine nuit pour administrer les sacrements. Et il est resté un long moment avec mon maître.

– Et que disaient-ils ? s'enquit Aurelio qui savait comme tout le monde que les valets écoutent aux portes.

– Oh, dit l'homme sans hésiter, il n'était question que de flammes. Mon maître disait qu'il était certain de griller en enfer, puisqu'il s'était vu en rêve supplier parmi les flammes. Le prêtre lui répondait qu'il avait fait son devoir de chrétien et que s'il poursuivait dans cette voie recommandée par le Pape, il ne connaîtrait peut-être que le feu purgatoire, à condition qu'il rachète ses fautes vénielles en méritant des indulgences.

– Ensuite ?

– Ils ont prié ensemble jusqu'au petit matin. Du moins, je le crois, car j'avais, pour plus de confort, tiré un fauteuil derrière la porte. Mais ainsi arrangé, je me suis rendormi. Ensuite mon maître m'a envoyé quérir Maestro Tabelli et je suis parti.

– Et quand vous êtes revenu, Don Lazzaro était toujours là ?

– Oui. Je crois qu'ils se sont enfermés à trois.

– Vous croyez... Avez-vous entendu ce qu'ils se sont dit ?

– Hélas, non. Mon maître m'avait envoyé porter une lettre au palais.

– Pour qui, cette lettre ?

– Pour Messer Badoer, je crois bien.

– Vous a-t-il enjoint d'attendre une réponse ?

– C'est ce qui m'a fait perdre un temps précieux. Car lorsque je suis revenu, le notaire était parti, mais Don Lazzaro s'en était allé aussi, appelé au chevet de quelque malade. Il avait demandé à Fra Bartolomé, son neveu, de le remplacer auprès de mon maître pour diriger la prière. Mais les prières de Fra Bartolomé n'avaient pas le même effet, vu que mon maître était à nouveau agité, craignant le tribunal de Dieu... C'est moi qui, avant none, lui rappelai son devoir de Conseiller à l'arsenal. Ah, Messer Chancelier, pour la première fois de sa vie, mon maître me querella, me disant que je l'obligeais à revenir sur un lieu qui lui faisait horreur, que je le forçais à des jeux sans importance mais que c'était sans doute là qu'il devait commencer à expier ce que les flammes devraient un jour effacer. Il s'en alla avant même que j'aie eu fini de le vêtir et je me sentis noyé de honte pour la vertu de mon service.

– Ce qui vous honore, Messer Sambocca, se hâta de glisser Aurelio. Mais il revint de l'arsenal.

– Il en revint vite, plus agité que quand il partit.

– Que se passa-t-il alors ? Quelle heure était-il ?

Aurelio observa alors un phénomène étrange : Sambocca, qui acceptait depuis un instant de parler sans contrainte se ferma soudain comme une huître touchée dans ses voiles internes par une pince de crabe. Son visage douloureux redevint obtus et il serra les dents à en faire jaillir l'articulation de sa mâchoire. Aurelio attendit, répéta sa dernière question, attendit encore, insista :

— Je comprends que vous ne viviez pas l'œil vissé à un cadran d'horloge. Mais après tout, l'heure à laquelle il rentra n'a pas grande importance. Que fit-il alors ?

Sambocca se plia en deux, les coudes sur les genoux, la tête si penchée qu'on n'apercevait plus que la tache claire d'une calvitie naissante. Le temps passa, le son grêle de la cloche frappée par les deux maures de la tour leur parvint au milieu du silence. Aurelio jugea que de sa vie, il n'avait fait preuve d'autant de patience.

— Je vous ai posé une question, Messer.

Lentement le valet releva la tête. Son visage était mouillé de larmes.

— Nous nous sommes quittés pour toujours sur une querelle. Je l'avais laissé partir sans bonnet. Il me sembla entendre la porte, mais on servait le repas de méridienne dans la cuisine des domestiques et c'était un ragoût de civelle aux herbes vertes de *Sant'Erasmo*, mon plat préféré. Je ne me suis point levé. Il s'était enfermé dans sa chambre et n'en sortit que le soir.

— L'heure, je vous prie.

— Il était resté enfermé jusqu'au soir. Qu'avait-il fait, tout ce temps ? Je ne sais. Il refusait de m'ouvrir sa porte. En bas, on préparait la fête du lendemain. On préparait les tables, on chantait. J'allai me promener dans les salons, le cœur serré. Je l'entendis descendre, mais n'eus pas le temps de le rejoindre. Quand j'entendis claquer la porte d'entrée, je pensais qu'il se rendait à l'office de vêpres. À nouveau sans bonnet, vous comprenez ? Il me fuyait, moi qui depuis toujours veillais à sa parure, moi qui mettais un point d'honneur à ce qu'il soit toujours admirablement vêtu, comme il se doit d'un Contarini. Et quand je pense qu'il partait affronter la mort, se présenter devant Dieu... Et qu'il n'avait même pas coiffé son bonnet !

Le valet, s'enroulant à nouveau sur lui-même, se remit à sangloter sans retenue. Aurelio pensa qu'il exprimait là une douleur plus aiguë que celle qu'aurait jamais pu lui infliger la corde. Egidio Sambocca regrettait-il d'avoir quitté pour toujours son maître vénéré sur une querelle, ou se sentait-il déshonoré devant le public céleste d'avoir laissé son maître se présenter en négligé à l'audience divine ? Les causes humaines sont souvent dérisoires et la souffrance tellement réelle. La vraie tragédie de l'homme n'est pas dans la souffrance, mais dans la disproportion avec la futilité de sa source.

Aurelio laissa se tarir les larmes du pauvre homme et s'entendit prononcer avec sérénité :

– Toutefois, Messer Sambocca, rassurez-vous : votre maître avait belle figure dans son cercueil et ses obsèques ont été magnifiques.

– Peu m'importe, hoqueta le valet en secouant la tête avec désespoir. Je n'y étais pour rien.

Aurelio n'avait jamais réalisé qu'on pût penser se présenter devant Dieu autrement que revêtu du costume de sa naissance. D'ailleurs, pensait-il, il n'est de plus totale nudité que celle des âmes et s'il avait été Dieu en ce moment, il aurait ouvert les bras à Egidio Sambocca, ne lui reprochant en somme qu'une coquetterie d'artiste : apposer sa signature au bas de son œuvre. Mais même les œuvres se dérobent parfois à la volonté de leur auteur.

Quoi qu'il en soit, peu importait en ce moment à Aurelio d'imaginer le tableau d'Egidio Sambocca avec ses couleurs mauve chagrin, bleu fidélité, et surtout sa profusion de rouge flamme mêlée de pas mal d'ombres confuses. Il congédia le valet avec courtoisie, non sans lui avoir rappelé son serment, puis en revint aux lignes des faits.

Enfermé dans son bureau, il repensa au *concert interrompu*, ce tableau étrange, à la fois image et son, instant singulier saisi par l'œil de Giorgione. Il entendit le grand rire de Giorgione rapportant comment il avait expliqué au Nonce le sujet de son tableau. Et il nota que les témoignages concordaient : un départ précipité, une porte qui claque, la cloche de vêpres. Quant aux intuitions de l'artiste, elles étaient de l'ordre des couleurs et Maestro Giorgione les pliait de façon éblouissante à son imagination. Il n'en demeurait pas moins l'évidence linéaire que Don Lazzaro était revenu au palais, non pour assister son pénitent en pleine crise mystique, mais pour jouer une ode bucolique à la sylphide en compagnie du giton de son ouaille, d'un peintre et de Fra Bartolomé, son neveu, son organiste, son âme damnée, son remplaçant dont les prières étaient moins efficaces que celles de son oncle, lequel faisait bien les gestes d'apaisement sur l'épaule des gens troublés.

Étrange.

– Mosca, dit-il un peu plus tard à son sbire qui venait d'entrer, ce Don Lazzaro ne me dit rien qui vaille. Mais avant tout, sachez le résultat de mon entretien avec le valet Egidio Sambocca. Une personnalité coriace, je vous l'accorde. Mais pas si coriace que certaines potions ne puissent le ramollir. Apprenez donc ce qui a poussé Ser Girolamo dans sa crise de démence : Un rêve. Il se voyait brûler dans les flammes de l'enfer.

– Ah, je comprends, dit Mosca. Ce n'était pas un rêve agréable... quand on est Conseiller à l'arsenal, on fait des rêves sérieux... Moi, quand il m'arrive de rêver, cela n'a jamais beaucoup de sens.

Aurelio comprit que, d'après Mosca, on rêvait selon sa classe sociale. Les grands étaient tenus d'avoir des rêves sérieux, tandis qu'aux gens du commun était dévolu n'importe quoi. C'était un peu ce que pensait l'esprit du temps, et Aurelio entreprit de lui expliquer :

– Il ne faut pas négliger le pouvoir des rêves. L'on dit qu'ils sont prémonitoires. Notre provéditeur Gritti à Constantinople fut sauvé du pal réservé aux espions grâce à un rêve du Sultan Mehmet, ne l'oubliez pas. Le Pape ne commence jamais une journée sans consulter son astrologue ou son investigateur de rêves.

– Soit. Moi, si je ne rêve pas comme cela, c'est que je n'ai pas la conscience chargée.

– Je vous en félicite. Ce n'était pas le cas de Ser Girolamo. Mais notez que les révélations d'Egidio Sambocca ne changent pas grand-chose à ce que nous savions déjà : une chose grave concernant l'État est à l'origine de tout cela. Elle peut être imputée soit à Girolamo lui-même, soit à son frère, tombé sous la coupe d'une belle et dangereuse courtisane. On en revient à l'entourage des Contarini.

Avec un soupir un peu déprimé, Aurelio dessinait de l'index un cercle sur la table.

– Nous devrions pouvoir fouiller les papiers personnels de ces deux hommes, murmura Mosca en avançant la tête.

– Nous n'avons pas de mandat pour cela, répondit Aurelio désabusé.

Mais les gros yeux de Mosca étaient gonflés d'astuce :

– Je connais un homme qui s'habille de noir à la nuit tombée, escalade les gouttières et les balcons et...

Frappant la table, Aurelio se raidissait comme un chien de garde en alerte, aboya un avertissement :

– Mais vous aussi, vous rêvez, Mosca ! Que la Haute Chancellerie Ducale introduise un rat dans la demeure d'un patricien pour fouiller son meuble secrétaire ? Vous voulez me faire destituer, ma parole ! Je préfère avouer mon échec faute de moyens, cela les renverra aux règles de leur jeu.

Après quoi chacun se replia sur son siège dans une mollesse désespérée.

– Mais ce serait quand même dommage... rectifia Aurelio. Tenez, fouillons les archives de l'arsenal en remontant encore un peu dans le temps. Où en êtes-vous ?

Mosca, qui n'était pas un homme de papiers, décida de dire à son chef combien stupéfiante était sa découverte du monde des archives.

– À trois semaines avant le 16 octobre, Excellence. Rien que de la routine. Aucun fait marquant, aucun papier manquant. Tout y est régulier comme une horloge, comme les dates d'arrivée des convois, avec des détails invraisemblables... C'est effarant, d'ailleurs, de posséder une telle administration. Ces messieurs les secrétaires...

– Sont des gens remarquables, en effet, coupa Aurelio souverain. Ils notent ce que tous les autres gardent en mémoire. Vous seriez bien étonné de voir que votre rat trouverait vides les meubles secrétaires de ces messieurs. Cependant...

Aurelio savait qu'une idée lui avait traversé l'esprit au moment où Mosca était entré dans le bureau. Elle s'était envolée et il tentait de la rattraper. À quoi pensait-il lorsqu'il fut interrompu ? Au tableau de Giorgione. C'est cela.

– Ce Don Lazzaro ne me dit rien qui vaille, répéta-t-il. Il serait intéressant de savoir où il est allé le 15 octobre 1510 entre le milieu de la matinée et la fin de l'après-midi.

– Grands dieux ! s'écria Mosca. Moi, Excellence, je m'efforce, selon vos instructions, de devenir doublement intelligent. Mais croyez-vous que je puisse demander à mes gondoliers de faire remonter leur mémoire au déluge ?

– Non, bien sûr, et je vous demande peut-être l'impossible. Mais vos gondoliers sont les amis des huissiers et les entrées sont consignées dans les registres des ambassades, dans ceux des administrations protégées par le secret... Ne m'avez-vous pas dit que Don Lazzaro allait à la nonciature ? Normalement, Lazzaro doit se tenir coi depuis le 15 octobre. Mais avant... avant... pas plus de deux ou trois mois avant. Allez, Mosca. Je vois une belle intelligence enflammer votre regard.

Mosca se levait. Le Chancelier lui adressait un sourire d'encouragement, malicieux et confiant, un de ces sourires qui ravissaient le sbire et le remplissaient d'énergie parce qu'il se sentait soutenu par l'estime d'un chef admirable et qu'ils travaillaient à deux à relever le même défi. Mais Mosca sitôt disparu, Aurelio se sentit envahi d'une grande fatigue. Depuis combien de temps tournait-il en rond autour des mêmes questions dans le marais où s'enlisait cette enquête ? Pourquoi s'attachait-il ainsi à une affaire pour laquelle on ne lui donnait aucun pouvoir nécessaire ? Les inquisiteurs s'y intéressaient-ils eux-mêmes ? En effet : l'un d'eux était-il jamais venu le relancer ? La raison évidente en était que la noblesse, qui formait après tout une classe fermée, privilégiée et orgueilleuse, ne devait pas aimer qu'on enquête dans ses familles. Et malgré le zèle déployé par certains *cittadini* dans le travail d'administration dont ils occupaient les charges, il n'était pas rare que de nombreuses recherches demeurassent lettre morte. À quoi t'amuses-tu, Aurelio ? Abandonne cette partie et laisse brouter le mouton ; après tout, tu n'es pas son berger. Mais ne te voile pas la face, camarade : tu veux savoir quelque chose à propos de Laura, n'est-ce pas ? La confondre, ou la disculper ?

Quelque chose en lui se révolta et il prit aussitôt la décision d'aller chez Fantina.

14 : UNE SOURIS GRISE

La vie de Nicolò Aurelio paraissait sans mystère. Célibataire, il occupait une maison *campo Santa Maria Formosa*, possédait un valet, et une cuisinière, un frère qu'il ne voyait guère, une sœur qu'il avait dotée et habitait Vicence. Il ne connaissait ni la fortune ni la gêne. Il aimait sa solitude car il consacrait ses loisirs à la lecture, à l'étude, à l'art et à l'entretien d'amitiés profondes et intéressantes, comme celle d'un Pietro Bembo, d'un Aldo Manuzio, sans compter le vaste cercle des artistes et de leurs admirateurs. Il aimait les femmes, les charmait parfois, les traitait toujours en œuvres d'art, mais d'un art un peu décadent, agréable aux yeux, nécessaire à la décoration du monde, mais rarement capable de provoquer chez lui une émotion profonde. Sa maîtresse était une femme du peuple, une femme sans gloire, dont il aimait la bonté sans artifices. Fantina Cavazza, issue d'une famille de maîtres à l'arsenal, avait ployé, quelques années plus tôt, sous le charme incontestable du secrétaire au Conseil des Dix dont elle tenait la maison. Elle y joua successivement le rôle de servante, de gouvernante, de maîtresse. Quand elle se trouva grosse, elle ne pleura pas, parce que ces choses sont le lot des femmes, bien qu'un citadin n'épouse pas une femme du peuple –tant d'hommes importants ont des enfants naturels à Venise, reconnus ou non ! Mais surtout, *Messer Nicolò*, comme elle l'appelait toujours avec révérence, était un homme bon. Bien qu'elle eût la chance de lui donner un fils, il ne voulut pas arracher l'enfant à sa mère ; il acheta dans le *sestiere de Santa Croce* une maisonnette avec deux chambres, une boutique et un bout de patio assez grand pour contenir le tronc de l'arbre qui ombrageait les trois courettes contigües et quelques pots de jacinthes. Un palais. Fantina avait installé son atelier de brodeuse dans la pièce donnant sur la rue, s'était fait quelques riches clientes qui lui apportaient chemises de soie, nappes de lin, mouchoirs de batiste, corsages de satin à rehausser de son art, surveillait le joli bambin qui crapahutait sous le pupitre de l'atelier, faisait pousser des fleurs dans ses potées, accueillait de proche en proche Messer Nicolò qui ne venait jamais sans une bourse ou un cadeau pour elle ou pour l'enfant et elle allait chaque dimanche remercier la Vierge de *Santa Croce* de lui avoir octroyé une vie aussi douce et un amant aussi généreux

Quand, en 1509, était venue cette galère d'Alexandrie avec ses cales remplies de balles de coton pourri, plusieurs familles de l'arsenal furent atteintes de la peste. Bien que l'épidémie fût rapidement enrayée, le frère de Fantina et les siens comptèrent parmi les victimes. On vit alors le doigt de Dieu dans le fait que le plus jeune, alors âgé de huit ans, avait échappé au fléau. Nicolò Aurelio trouva tout naturel que Fantina recueille son neveu et que les deux garçons fussent élevés ensemble. Ainsi, le petit Costantino s'était vu soudain enrichi d'un cousin de deux ans son aîné, portant le nom de Nicolò Cavazza. Fantina s'empressa de le rebaptiser Nicolino, puisque rien ne pouvait être comparé avec *Messer Nicolò,* a fortiori, confondu. Âgés de huit et dix ans, les deux garçons étaient devenus si complices que tout le quartier les appelait « les frères Cavazza ».

Quand Aurelio poussait la porte de la boutique, il se sentait aussitôt pénétré de la paix heureuse qui régnait dans la maison de *Santa Croce.* Un bouquet des fleurs de la saison embaumait l'atelier. La douce Fantina déposait son tambour de brodeuse dans le rayon de lumière du soir qui faisait flamber les couleurs de ses fils de soie et lui mettait le rose aux joues. Elle illuminait d'un sourire son visage de femme sans beauté éclatante mais d'une douceur infinie et soulevait le buste pour mieux tendre ses lèvres au visiteur. Elle gardait toujours pour elle les premiers instants que Messer Nicolò venait passer à *Santa Croce.* Lui, après l'avoir embrassée, s'asseyait à califourchon sur une chaise retournée et la regardait quelques instants tirer l'aiguille, sans dire un mot. Il était comme l'oiseau qui affermit sa prise sur la branche où il est venu se reposer. Elle aimait qu'il l'admire et, pour justifier ce plaisir trouble, elle parlait à mi-voix des enfants, de son travail, de ses clientes. Incidemment, il arrivait ainsi que les détails d'un trousseau fissent pénétrer Aurelio dans certaines alcôves de l'aristocratie.

Ce plaisir épuisé, elle appelait les enfants. Ils surgissaient alors du *cortile* ou de la chambre comme deux oiseaux chassés par un milan et allaient se réfugier dans les bras ouverts d'Aurelio qui, pour les recevoir, s'était accroupi et offrait à la fois sa rude barbe et le moelleux de son beau pourpoint de velours noir.

– *Saluti*, Messer Nicolino, *Saluti*, Messer Costantino.

C'était un rite et un principe : il refusait de faire la différence entre son fils et l'enfant adopté ; et celui-ci partageait avec sa tante un respect infini pour Messer Nicolò.

Et tandis que Costantino inventait les jeux les plus divers, harcelait son père de questions étonnantes, plaisantes, indiscrètes, Nicolino attendait que Messer Nicolò le questionne sur ce qu'il apprenait à l'école des pères de *Santa Croce*. Puis, Aurelio s'étonnait : « Tiens, ne devais-tu pas être à l'école des pères, cet après-midi ? » – « Si fait, mon oncle. À vêpres, il faut que je sois à l'église. C'est moi qui tiens l'encensoir devant l'autel. »

Quand la cloche de *Santa Croce* frappait l'heure de l'office, Fantina, maternelle et pieuse, intervenait : « Allez-y tous les deux, les enfants », et, selon la saison, elle ajoutait un conseil quelconque sur leur habillement, suivi du rituel : « Quand vous reviendrez, nous aurons mis la table », ce qui faisait sourire Aurelio. Souvent, Costantino s'inquiétait : « Serez-vous toujours là, Pàre, quand nous reviendrons ? » Sur une réponse rassurante, le petit lutin bondissant rattrapait son frère, une tête de plus que lui, qui attendait calmement devant la porte. Quand celle-ci était refermée et que s'éloignaient les pas des deux enfants, Aurelio allait pousser le verrou.

Il enlevait Fantina à son pupitre de brodeuse, la portait vers la chambre comme une jeune épousée et glissait dans un autre monde en parcourant des mains les paysages tendres de cette femme mûre, pleine et apaisante, qui recevait avec une pieuse humilité ses caresses profanes et, consentante et soumise comme la Vierge à l'annonciation, n'en gémissait pas moins d'un ardent plaisir païen. La Vierge de *Santa Croce*, naïve et bleue, lui souriait depuis son cadre en face du lit, tandis qu'à la tête de l'oreiller pendait au bout d'une chaîne un médaillon avec le portrait de Nicolò Aurelio peint par Maestro Bellini. Entre l'approbation de l'une et les tendres assauts de l'autre, Fantina Cavazza accédait aux sommets de son bonheur de femme.

Les enfants revenaient juste avant que la lumière ne décline, la table était tirée, la soupe réchauffait sur le feu. Le moment de se mettre à table était un autre événement important des visites de Messer Nicolò : c'était lui qui récitait la prière, et c'était un moment magique, parce qu'il parlait en latin, comme le prêtre à l'église, comme Sa Sérénité le Doge, au pied duquel il avait sa place et comme les gens instruits que les enfants seraient sûrement un jour sous la protection de Messer Nicolò.

Ce soir comme d'habitude, Aurelio se vautrait dans ce bonheur rassurant et tranquille dont il se sentait le démiurge. Il s'en excusait en se mettant dès le dernier signe de croix à la portée des enfants.

– Y avait-t-il du monde à l'église ?

– Oh, oui, *Pàre* ! s'écria Costantino. Pourquoi ne venez-vous jamais avec nous ? Je serais si fier de vous montrer à Dom Jacopo.

– Tais-toi donc, Costantino, répondit Fantina. Ton père a des choses importantes à faire.

Aurelio craignit aussitôt que son fils lui demande lesquelles et l'oblige à mentir.

– Combien de lettres connais-tu déjà, Tino, questionna-t-il.

– Presque toutes. Et je sais compter jusqu'à cent... Mille... Un million !

– Jusqu'à cent, je veux bien ; plus loin, j'ai du mal à te croire. Combien de zéros, le million ?

L'enfant fermait un œil, comptait sur ses petits doigts.

– Beaucoup, conclut-il.

– Ça manque de précision, mon fils. Tâche de connaître la réponse pour la fois prochaine.

– Et maintenant, bois ta soupe, Costantino, et n'ennuie pas ton père, intervint Fantina.

Et tandis que Nicolino se demandait s'il devait souffler la réponse à son frère, Costantino se repliait provisoirement dans le silence.

Aurelio laissait Fantina diriger les enfants. Il savait bien qu'il les lui enlèverait un jour, mais en attendant, il lui laissait la suprématie et se contentait d'assurer un fragile équilibre entre éveil et docilité. Il était clair que Costantino serait plus vif que docile. Mais ce n'était pas encore la saison de penser à tout cela. Aurelio prenait son temps, ses aises. Ici, il pouvait laisser aller ses pensées, n'était pas obligé de calculer le poids de ses paroles, ni même d'écouter avec attention.

– Elle est délicieuse, ta soupe, Fantina.

– Elle est faite avec des légumes frais de *Sant'Erasmo*, récoltés ce matin. C'est Perretta qui me les a apportés, vous savez, la femme de Nino, qui travaillait à l'arsenal.

Décidément, cet arsenal poursuivait Aurelio jusque dans ses retranchements. Mais à Venise, on est toujours à un jet de pierre de l'arsenal, comme l'île de *Sant'Erasmo* dont il parcourait en pensée les verdoyants potagers, si reposants à son esprit, comme la conversation simplette de Fantina.

– Vous souvenez-vous de Nino ? Il travaillait à la corderie, il a eu une main écrasée par la chute d'une poutre en flammes après cette explosion de la poudre, au printemps de 1509. Une main écrasée, pour un tresseur de chanvre, vous pensez...

Aurelio, qui écoutait à peine, avait soudain entendu. Étaient-ce les mots « arsenal-flammes » qui l'avaient réveillé? Ou le fracas de « explosion de la poudre » qui avait fait retentir dans son esprit un vacarme soudain, quelque chose comme la voix d'un vieux souvenir, en tout cas un coup porté à son front de vieille bourrique endormie dans le trajet quotidien du moulin au magasin à farine. Dans les caves de son cerveau, une petite souris grise et légère nommée Fantina avait soulevé le coin d'un feuillet, grignoté la barbule d'une plume, et cela avait provoqué l'écroulement d'un mur d'archives. Il en sortait, enfoui sous la poussière, le souvenir d'une discussion dont il avait jadis résumé les phases houleuses avant de les classer dans l'oubli des dossiers. L'explosion de l'arsenal… L'incendie… Comment n'y avait-il pas pensé ? Mais enfin, cela remontait à deux ans ! Mais qu'est-ce que deux ans, dans la vie d'un homme et si le remords peut durer une vie entière, pourquoi ne prendrait-il pas deux ans à s'insinuer dans les rêves ?

L'explosion de la poudre à l'arsenal : on avait entendu la détonation jusqu'à *Chioggia* ; l'eau avait pris des reflets de feu, on venait de partout, munis de seaux, de pompes. Les cloches de Saint-Marc retentissaient dans une atmosphère d'apocalypse. On parlait d'une attaque surprise, des Turcs, disaient les uns, des Impériaux, prétendaient les autres. Mais surtout, dans la stupeur générale, les autorités de la ville négligèrent, les jours suivants, de se souvenir des discussions qui avaient eu lieu au Conseil des Dix, la veille même du sinistre. Or, Aurelio, lui, s'en souvenait : il avait suffi à une petite souris grise d'orienter son attention vers une voie nouvelle.

15 : UN CHRONIQUEUR

Quand le lendemain, Messer Cartelloni vit approcher le Grand Chancelier, il se souleva à demi comme à l'ordinaire mais cette fois, Aurelio s'arrêta à sa hauteur et le secrétaire demeura le cul en suspens avant de redresser au mieux qu'il put sa taille voûtée.

– *Saluti*, Messer Cartelloni, dit le Chancelier avec empressement. Veuillez, je vous prie, descendre promptement aux archives et me ramener les comptes rendus du Conseil des Dix du printemps 1509 relatifs aux discussions concernant le déplacement de la poudre dans les arsenaux.

– Première quinzaine de mars 1509, précisa le secrétaire. Elle explosa le 14.

Il fallait faire confiance aux secrétaires. La seule difficulté était de leur dire où regarder.

Un quart d'heure plus tard, Aurelio avait la confirmation que l'explosion de sa mémoire l'avait déposé sur un chemin fertile. En effet, depuis1508, les ferments de la guerre montaient comme une nuée d'orage et Venise avait emmagasiné à l'arsenal une énorme quantité de poudre et de munitions. Le 10 mars, Ser Antonio Michiel attira l'attention des Dix sur le danger qu'il y avait à concentrer de telles réserves dans le seul arsenal de Venise. On fit donc appel aux Conseillers à l'arsenal. Ser Girolamo Contarini, qui en était un des plus éminents, plaida vivement l'avis de garder en lieu sûr un chargement aussi précieux et de ne le disperser que parcimonieusement, selon les besoins exprimés localement par les armées. Cette prudence s'imposait surtout en ces temps où la guerre menaçait des possessions de terre ferme peu attachées à la République et qui risquaient trop de la trahir. « Plaida vivement », releva Aurelio qui connaissait les litotes des rapports écrits. Mais les votes de ces messieurs du Conseil donnèrent tort à Ser Contarini. On dispersa donc une partie de la poudre. Ce qui resta sur place explosa le 14.

Les événements qui suivirent n'étaient pas consignés dans les rapports du Conseil des Dix, mais Aurelio savait que l'enquête menée par les Quaranties criminelles sur l'explosion n'avait abouti à rien. Et si l'enquête qu'il menait aujourd'hui n'était que le prolongement de celle-là, et que le destin de cette enquête était aussi de n'aboutir à rien ?

Mais il n'approfondit pas cette pensée car Mosca attendait dans l'antichambre.

– Ne cherchez plus au hasard, Mosca, lui dit-il. J'ai de bonnes raisons de lier ce que nous cherchons aux événements de mars 1509. Vous rappelez-vous, mars 1509, l'explosion à l'arsenal ? Voyez donc le registre des entrées à l'arsenal dans les jours qui ont précédé le 14. Voilà pour vous. Messer Cartelloni ?

On eût dit que le Grand Chancelier tenait un conseil de guerre et envoyait des coursiers vers des positions stratégiques. En effet, son esprit travaillait plus vite que ses mots, mais ce fut presque à la vitesse des mots que Mosca fit place au secrétaire.

– Messer Cartelloni, veuillez, je vous prie, chercher les noms de ceux qui ont été admis dans le bâtiment des archives, les jours précédant le 20 avril 1509.

– Le 20 avril 1509, Excellence ! répéta Cartelloni la mine effrayée comme s'il venait de prononcer le nom du diable.

L'attention d'Aurelio se fixait sur une période guère très ancienne, mais tant d'événements s'étaient accumulés depuis qu'elle paraissait déjà lointaine. Les péripéties de la guerre avaient accumulé les coups de théâtre, les échanges orageux, les rumeurs, les craintes… Comme un nageur qui lutte contre les vagues consacre son énergie à affronter les lames successives sans se préoccuper davantage de savoir comment il a été précipité dans l'eau, Venise vivait au jour-le-jour. Aurelio sentit la nécessité de se replonger dans la calamiteuse année 1509, d'interroger les événements d'alors, même ceux qui n'étaient pas dignes des rapports d'assemblées ; ceux-là surtout, peut-être.

Il ne réfléchit pas longuement : il existait à Venise un homme qui briguait le poste de chroniqueur officiel. En prévision de sa nomination et dans le but de reproduire fidèlement l'esprit du temps, il consignait au jour le jour les faits importants comme les plus infimes potins de la vie mondaine ; il assistait aux fêtes populaires ; la moindre rumeur, le moindre rassemblement, lui étaient connus ; il guettait l'arrivée et le départ des galères, l'ouverture des portes des salles de scrutin, tendait l'oreille à tout ce qui se disait, se faisait, se projetait. Pour lui, la ville de marbre était bâtie d'un verre plus translucide que celui que l'on soufflait à Murano. Il était de noble famille, avait commencé à écrire à quinze ans, reçut à dix-huit son brevet d'accès au Grand Conseil et remplissait depuis diverses missions pour la République. Il occupait un palais dans le *sestiere de Santa Croce* et avait nom Marin Sanudo.

L'homme qu'Aurelio rencontra avait la quarantaine comme lui. Long et maigre, il s'habillait d'une robe à l'ancienne, et ses cheveux devenant rares lui pendaient sur l'épaule en filaments secs. Hautain, volontiers méprisant, il montrait toutefois de l'intérêt à la présence dans sa bibliothèque d'un autre érudit. Quand ils eurent fini de parler de ses livres rares, de manuscrits et des travaux d'Aldo Manuzio, Aurelio en vint au but de sa visite.

– Messer Sanudo, le Conseil des Dix m'a chargé de faire un résumé des faits concernant la vie quotidienne de notre république depuis la formation de la ligue de Cambrai jusqu'à un passé plus récent. Vous savez comme moi que ses motifs sont souvent impénétrables et moi-même ne puis en dire le peu que j'en soupçonne. Mais bien que je sache par cœur les grands événements consignés dans les annales officielles, il m'est apparu qu'une manière d'écrire l'histoire était de s'attacher aussi à des faits secondaires, apparemment peu dignes d'attention, mais qui ont infléchi alors notre manière de voir et de juger les événements. Aussitôt, votre nom m'est apparu comme le seul capable de mettre à notre disposition assez de mémoire et une science dont vous seul avez compris l'importance.

Marin Sanudo apprécia la flatterie et comprit qu'une nouvelle démonstration de science aiderait à une future nomination. Et quand Nicolò Aurelio eut ajouté : « Il va de soi que, dans ce genre de rapport, il est de règle de citer ses sources », Sanudo se leva et se dirigea derechef vers sa bibliothèque pour en extraire un cahier relié de cuir.

– La ligue de Cambrai, commença l'historien, fut signée en décembre 1508. Voulez-vous la date exacte ?

Il allait fouiller parmi les pages, mais Aurelio, d'un geste, l'en dissuada, et Sanudo se contenta de garder le volume ouvert sur les genoux. Les feuillets étaient couverts d'une écriture menue, alignée en rangs réguliers, sans ratures, une armée en marche, progressant d'un mouvement puissant et opiniâtre. Il semblait que la seule ouverture du cahier avait suffi à l'écrivain pour libérer du papier et de l'encre le souvenir d'une colère recuite, et sa voix s'amplifiant venait dans le présent donner à sa juste indignation une violence nouvelle.

– Comme vous le savez bien sûr, tout commença par cette trahison du Pape Jules, qui, tout en multipliant les sourires à notre ambassadeur, signait secrètement en décembre 1508 des accords avec nos ennemis. Il pensait agir secrètement, mais il n'est pas une famille noble de Venise qui n'ait au moins deux ou trois fils dans les rangs des cardinaux de Rome. Or, Rome a aussi ses secrets et ses rumeurs. On nous en rapporta une, si énorme que nous n'avons pas voulu y croire.

Marin Sanudo parlait comme la tempête. Sa voix montait par degrés comme l'ouragan, tombait dans des calmes dangereux qui annonçaient de nouveaux déchaînements, grondait parmi les éclairs que lançaient ses regards de colère, et même dans les accalmies, laissait régner la terreur.

– Messer Aurelio, on n'écoute jamais assez les rumeurs, commenta-t-il d'une voix assourdie, menaçante. Les rumeurs se répandent, les rumeurs détruisent, elles empoisonnent aussi sûrement que les substances délétères. Mais les rumeurs emportent parfois un morceau de vérité et il y avait là une vérité mortelle.

– Le Pape nous reprochait d'occuper la Romagne et de soumettre le clergé à nos lois, dit Aurelio. Il trouva de nombreux prétextes et usa de tous les moyens pour nous arracher nos pouvoirs.

– Dites plutôt pour nous mettre à genoux ! explosa l'historien. Nous dépecer, nous faire disparaître ! Il affirma que nous étions des infidèles, des païens, des criminels de lèse-majesté divine ; le membre gangrené de la chrétienté, qu'il fallait amputer pour empêcher que le mal se répande ; que notre richesse nous avait corrompus ; que nous étions des débauchés, nos femmes des putains ; que nous encouragions la luxure, la dépravation, la licence, le vice, la sodomie. Nous étions la nouvelle Sodome ! Il fallait nous détruire ; *delenda Venetia* ! Tout chrétien avait le devoir de nous courir sus, de s'emparer de nos biens, de nos personnes et de nous vendre comme esclaves. Toute personne qui ferait du tort à la République serait récompensée au paradis ! Vous rappelez-vous ?

Parfaitement, fit Aurelio dans un geste d'apaisement, comme le Christ sur le lac de Tibériade. Sanudo, encore agité, revint cependant à ses notes :

– 20 février 1509 : aujourd'hui, on a fait lecture au Sénat d'une lettre du Pape nous commandant de rendre au Roi de France les terres conquises au-delà de l'Oglio... Le 25, la foudre tombe sur la citadelle de Brescia, dévastant la tour de guet et endommageant tout un pan de la muraille... Et cela : du 27 de février : fut lue au Sénat une nouvelle lettre du Pape apportée par son Ambassadeur, nous ordonnant de restituer à l'Église tout ce que nous possédons de son territoire, et de lui rendre aussi les fruits que nous avons tirés de notre usurpation. Et en cas de refus, il excommuniera toute la ville infidèle ainsi que son territoire et vouera aux flammes de l'enfer tous ceux qui ne respecteront pas son commandement. Fut votée la réponse de refus général et de maintenir secrète la bulle d'excommunication –Il ne fallait pas laisser le peuple et les femmes écouter les sirènes de Rome, commenta Sanudo –. Fut décidé de convoquer l'Ambassadeur et de lui signifier verbalement notre refus catégorique de nous soumettre aux prétentions du Pape.

Le doigt maigre du chroniqueur, nerveux, indigné, passait en revue les lignes d'écriture serrée. Ses yeux survolaient les journées de carnaval, les mariages, les sorties extraordinaires du Doge. Comme il savait ce qu'il cherchait, il tournait plus rapidement quelques pages.

– *Ecco* : le 2 de mars, une barque part de Venise pour Ravenne, avec un chargement de 10.000 ducats d'or pour l'entretien des troupes et de l'administration de cette province. Elle fit naufrage en mer durant une tempête au large de la *Spina*. On l'apprit le lendemain, car la cloche de San Marco appela tout le monde dans la rue où l'on répandit la nouvelle. C'était là un sinistre présage qui attira grand monde dans les églises.

Aurelio se souvenait : la cloche de San Marco avait une voix particulière pour annoncer les naufrages, les défaites, les catastrophes. Elle avait tant de fois résonné de cette manière depuis deux ans qu'il dut faire effort pour se rappeler combien les premières fois avaient plongé la population dans une stupeur presque mystique. Un regard lourd de Marin Sanudo lui confirma qu'ils avaient partagé la même angoisse.

– Le 10 de mars, poursuivait l'écrivain, fut discutée au Conseil des Dix une lettre du provéditeur aux armées demandant d'envoyer de la poudre dans les places les plus proches de Milan et il fut décidé d'envoyer 5.000 barils à Cremona où se trouvent des troupes françaises.

Aurelio acquiesça : l'informateur de Marin Sanudo s'était limité à l'essentiel, ce qui était normal. Il s'était un peu trompé sur les chiffres, ce qui était courant. Lui, en tant que témoin direct, possédait plus de détails. Mais il n'en dit rien, car il attendait la suite, qui devait se déchaîner.

– Le 14 de mars, dans la nuit, une explosion terrible fit trembler les maisons, le palais ducal et même les étoiles. Le feu avait pris dans le magasin à poudre de l'arsenal. Toute la ville fut réveillée et furent projetées dans l'air une quantité de tuiles et de pierres du mur, qui allèrent détruire les habitations voisines et tuèrent beaucoup de monde. Ce fut une chose horrible de voir sortir des décombres des personnes mortes ou estropiées, les galères nouvellement construites réduites en morceaux et toute la nuit, une foule considérable vint aider à éteindre l'incendie subséquent et porter secours aux blessés.

– Période calamiteuse, commenta Aurelio. Par bonheur, la plus grande partie des barils étaient partis la veille pour Crémone, sans quoi toute la ville n'eût été que ruines.

– C'est exact, Messer, approuva Sanudo d'un ton funèbre. Cependant ce feu, après les menaces du Pape, semblait être celui qui détruisit Sodome et Gomorrhe. Les temps étaient tristes, propices à l'épouvante. Il arrive que les astres du ciel soient contraires. Le malheur était sur nos têtes…

Le regard perçant niché au fond de ses orbites noires se voila quelque peu, sa voix devint sourde.

– Pas une famille frappée de malheur qui ne soit tentée d'y voir le doigt de Dieu. J'ai des souvenirs personnels… Le 20 de mars, mon fils mourut en bas âge ; une fille naturelle survécut.

– Les astrologues, qui foisonnent et deviennent bavards dans les temps de malheur, affirmaient que tous les astres majeurs étaient en opposition, dit Aurelio. N'y eut-il point d'enquête sur la catastrophe de l'arsenal ?

– Si fait. Je lis à la date du 30 de mars : aujourd'hui, au Conseil des Dix, Ser Girolamo Contarini, provéditeur à l'arsenal, accompagné du chef des Quaranties criminelles en charge de l'enquête, ont présenté les conclusions de leurs recherches sur les causes de la catastrophe du 14 mars. Les deux gardiens originaires de Trieste, soupçonnés d'être au service de l'Empereur, ont été innocentés et relâchés sans être torturés. Il n'y avait personne d'autre sur les lieux, Ser Contarini ayant lui-même refermé la porte de fer, comme il avait coutume de le faire après son travail. La cause de l'accident peut être attribuée à un cheval, dans l'écurie voisine, lequel, en piaffant aurait fait jaillir une étincelle.

– La fatalité, Messer Sanudo, *la Fortuna*, commenta Aurelio d'un air contrit, car il était stupéfait d'apprendre le rôle qu'avait joué Ser Girolamo et furieux d'avoir négligé ce détail essentiel.

Pour lui, restait le 20 d'avril. Mais Marin Sanudo, qui surveillait de près ce qui se disait au Sénat, s'arrêta encore au 14 :

– Vint à Venise une ambassade du Roi de France pour signifier officiellement au Sénat la déclaration de guerre.

– Il semble que les dates des 14 et 20 soient maudites, fit remarquer Aurelio.

– En effet, le 20 d'avril, au début de la nuit, le feu prit dans le bâtiment des archives.

Aurelio fit un signe de la main signifiant « n'en dites pas davantage. De mémoire de secrétaire, un incendie d'archives est le parangon de la catastrophe ». Ce 20 avril, Messer Cartelloni ne l'évoquait jamais sans en pâlir. Venise est une ville de bois. La moindre chandelle oubliée peut y faire des ravages effrayants. On vit des flammes dépasser le toit du palais, puis le bâtiment s'écroula. Mais dans la perte des archives de la ville, on vit à nouveau la préfiguration de sa destruction totale : plus d'archives, plus de passé, et comme on travaillait à lui ôter tout avenir, cela signifiait plus d'existence. D'ailleurs, la bulle papale arrivée une semaine plus tard semblait le commentaire de l'événement du 20. Elle fulminait l'anathème, mettait à son service tous les feux du ciel et de l'enfer.

– On attendit en tremblant le 14 du mois suivant, poursuivit Sanudo, et on avait raison de trembler, car le 14 de mai, malgré tous les efforts du Général d'Alviano, les Français nous attaquèrent sur l'Adda et ce fut la grande défaite d'Agnadello. Tout semblait confirmer la malédiction prononcée par le Pape : nous fûmes envahis, nos troupes reculèrent, nos villes s'ouvrirent à l'ennemi ; en une semaine, notre République fut réduite à sa seule lagune. Bienheureuse lagune, qui nous protégeait mieux que des murs ! Mais les blessés, les réfugiés s'y entassèrent dans les couvents, les hospices, les lieux publics, dans les rues, souvenez-vous… L'Ascension tomba le 20 de mai. Et rappelez-vous combien la fête de la *Sensa* fut sinistre. Peu de monde suivit la sortie du *Bucintoro* pour le traditionnel mariage du Doge avec la mer ; peu de Vénitiens sur les places, peu de chants dans les églises : nous étions excommuniés, maudits, abandonnés par Dieu… Il nous fallut faire de grands efforts pour redresser cette situation. Le plus dur ne fut pas de consentir des sacrifices financiers mais bien d'aller nous humilier à Rome aux pieds d'un Pape qui avait juré notre perte. Et si nous sommes actuellement sur la lente et difficile voie d'un certain redressement, l'on peut craindre que nous ne retrouvions jamais notre splendeur passée.

Sur ces mots, le chroniqueur, accablé, se tut.

– Messer Sanudo, dit Aurelio, je crains que les siècles futurs ne retiennent que cette défaite d'Agnadello. Mais quand on vous lira, l'on comprendra que cette date n'est ni le début ni la fin de nos malheurs, mais seulement une étape dans l'incessante querelle des hommes. L'histoire des hommes est plus dans leur tête et dans leur cœur que dans leurs faits de guerre et lorsque je vous entends, je crois plus entendre Tacite que Julius César.

L'écrivain s'épanouit sous le compliment et la comparaison. Aurelio le quitta après l'avoir remercié avec chaleur.

Sur le chemin du retour, il se plut à méditer ce qui n'avait été dans sa bouche qu'un compliment aimable et circonstancié. En effet, se dit-il, ce qu'il venait d'entendre, ce n'était pas seulement le récit d'une lutte pour le pouvoir en Italie, c'était aussi la description de la grande peur des hommes, c'était le fil conducteur d'une immense fresque s'étendant sur plusieurs milliers d'années. Lui, ne cherchait pour l'instant qu'à en isoler un infime fragment. Un fragment parmi lequel se trouvait le portait de Girolamo Contarini, environné de peurs et de flammes. C'était certainement un portrait pathétique. Était-ce aussi celui d'un criminel ?

16 : UN GONDOLIER

Le bâtiment des archives centrales vénitiennes était une sorte de Saint des Saints. Il contenait le livre d'or des familles nobles admises, depuis la *serrata* de 1297, à faire partie des votants du Grand Conseil et pouvant accéder aux charges décisionnaires de la République. Mariages, naissances, décès et successions y étaient scrupuleusement tenus à jour. Ajouts également : parfois, un homme du peuple ou un citadin méritant se voyait introduit dans le registre ; de plus en plus –signe des temps– un homme du peuple riche était admis aux charges contre une somme importante. Le bâtiment des archives centrales contenait la charpente de la société vénitienne et le Grand Chancelier, comme garde des sceaux, en conservait les clés. Seuls y entraient les secrétaires d'administration et les nobles souhaitant faire le compte de leurs ancêtres. Les noms des visiteurs y étaient soigneusement consignés.

Aussi, lorsque Ser Cartelloni vint annoncer que, dans l'après-midi du 19 d'avril 1509, Ser Girolamo Contarini avait été admis dans le bâtiment des archives, Aurelio sut qu'il approchait d'une vérité accablante.

– Était-il accompagné ?

– De son secrétaire, répondit Ser Cartelloni, Fra Bartolomé, clerc et novice chez les Augustiniens de *San Salvatore*.

– A merveille, Messer Cartelloni, répondit Aurelio qui s'enferma aussitôt dans son bureau pour y réfléchir.

Le doute était à peine possible : les motivations s'étaient une nouvelle fois mises en place dans un thème évident, harmonieux, pourrait-on dire. Girolamo Contarini était au centre de deux catastrophes survenues à Venise à un mois d'écart. Qui pouvait avoir poussé un noble vénitien à perpétrer de tels crimes vis-à-vis de sa propre patrie ? Il fallait y voir les affirmations du Pape, assurément. À lire sa bulle comminatoire, un esprit moyen pouvait se demander s'il convenait de donner sa foi à Dieu ou à un État corrompu. Un médium pouvait faire pencher la balance, un médium capable d'influencer un esprit peu ferme dans ses convictions républicaines, miné par la conscience de son vice et avide de rédemption : un confesseur, un Don Lazzaro. Un Don Lazzaro pour qui Girolamo Contarini n'était qu'une matière ductile, d'autant plus malléable qu'il savait sa chair avide encline au péché abominable, son âme tourmentée, et qu'il était en mesure de lui offrir une rémission totale de ses péchés, le temps que dure la guerre. Soit, se dit Aurelio. Une fois de plus, les couleurs du tableau s'imbriquaient à merveille.

Mais à peine revenu de cette découverte, son esprit inquiet se remit à douter. Car les mobiles précédaient les preuves ; les couleurs s'associaient mais le trait brutal des faits n'était encore qu'à l'état d'ébauche, quelques lignes à peine, un seul trait, ténu : Girolamo Contarini était présent la veille sur les lieux des sinistres. Là s'arrêtaient les certitudes. Tout le reste n'était que présomptions, y compris qu'un conseiller à l'arsenal connût la manipulation des mèches lentes qui allument les incendies avec retard. Aucune preuve tangible et guère plus d'explication du meurtre du jeune Sandro Vascarelli ni du rôle de la belle Laura et de son amant le peintre Scarfati.

– Aucune preuve tangible, Mosca, dit-il au sbire venu dans la journée lui faire son rapport.

– Mais, Excellence, je viens de vous dire…

– Qu'il était venu inspecter les ateliers, quelques heures avant l'explosion, je le savais, Mosca. Présomptions. Vous me direz qu'un crime bien orchestré ne laisse pas de traces. Dans ce cas, appelez cela un crime bien orchestré. Pire : la présence du nom de Girolamo Contarini dans les rapports suffit à innocenter le personnage.

– Dans ce cas… exhala Mosca en haussant une épaule désabusée.

– Et qu'avez-vous trouvé du côté de Don Lazzaro ?

– Je suis allé à la nonciature, Excellence. Rien ; sinon que le gondolier de *Monsignore* est muet de naissance, et que le portier se rappelle avoir eu affaire à Don Lazzaro le jour de la *San Clemente*.

– Un gondolier muet ! gronde Aurelio. Ils savent les choisir.

– Il s'en rappelle seulement parce que sa femme a accouché d'un garçon qu'il a appelé Clemente pour attirer sur lui la protection du saint du jour. Le petit n'était pas bien vaillant, et, comme Don Lazzaro passait par là, il l'a tiré par la manche pour lui faire donner le baptême, de peur que la vie s'en aille avant son entrée dans l'Église. Même que Don Lazzaro a donné le sacrement à toute vitesse, parce qu'il disait qu'il était attendu chez Monseigneur le Nonce.

– Et quand tombe la *San Clemente* ?

– Le 23 de novembre, Excellence.

– Le 23 de novembre 1510. Quels événements à cette date ?

A nouveau, Mosca haussait les épaules. Une lassitude masquait à demi les globes saillants de ses yeux.

– Il n'y en a guère… Quoique, selon mon calendarium, c'est le 25 que notre peintre Giorgione fut repêché dans le canal où il prit un bain sans l'avoir voulu.

Aurelio inspira profondément. Entre les cercles de ses propres pensées et les méandres de celles d'autrui, il fallait garder l'esprit calme et le jugement clair. Assez clair pour relier les faits sans risque de se faire abuser par ses impressions. Car un motif étrange était en train de se dessiner dans le bas du tableau : Don Lazzaro rencontre le Nonce le 23 ; le 25, Giorgione tombe dans le canal. Giorgione… L'aura de ce peintre n'avait pas fini de faire rêver Venise. *Una figura.* Aurelio le revoyait, gesticulant devant ses toiles, s'indignant des propos du provéditeur au sel, qui avait osé dénigrer son œuvre dans le but de justifier le rabattement du prix ; Giorgione qui inventait des scènes improbables réunissant musiciens, nymphes, soldats, bergers, quand ce n'était pas une bergère nue donnant le sein à un enfant sous des éclairs d'orage… Et il jetait cela sur la toile avec une charmante désinvolture, puis en parlait avec fantaisie. Ainsi en fut-il une des dernières fois qu'il était allé chez le peintre et qu'il y avait vu ce tableau qu'il appelait *le concert interrompu*, où figuraient trois personnages dont chacun intervenait dans l'énigme qu'il tentait de percer… Aurelio n'avait pas eu besoin de retourner dans l'atelier du peintre pour revoir le tableau : son œil d'esthète l'avait depuis longtemps parfaitement mémorisé. Mais ce qui lui sauta soudainement à la mémoire, ce fut en cet instant la voix de Giorgione commentant la visite qu'il venait de recevoir : celle du Nonce. Et que disait-il ? Que le petit tableau de la Vierge à la prairie commandé par le prélat avait à peine attiré l'attention de *Monsignore*. Celui-ci avait plutôt été fasciné par le *concert interrompu*. Oui, Aurelio se souvenait : « *Per Dio* ! tonnait Giorgione, il me commande une vierge, il vient la voir en cours d'exécution, et il s'intéresse à… *a una cazzata* qui n'a rien à voir ! » Et de conter une histoire où une porte claque et où une cloche se met à tinter, car la mort vient de passer par là, appelée par un homme d'Église... Et qu'a fait le Nonce ? Il est parti précipitamment, sans donner sa bénédiction.

– *Cazzo* ! fit Aurelio entre ses dents.

Mosca, qui assistait silencieux aux réflexions de son chef, fut bien étonné d'entendre pour la première fois celui-ci prononcer un mot cru. Que se passait-il ? Le Chancelier s'animait soudain :

– Mosca, que sait-on de cet accident de Giorgione ?

– Eh, Excellence, ce qu'on en a toujours dit. J'ai mes minutes. Mais sans aller les consulter, je puis vous dire le nom du gondolier qui aida à le tirer du canal. C'est l'un de nos meilleurs informateurs.

– Allez donc retrouver ce gondolier, Mosca. Sous n'importe quel prétexte. Mettez-le en confiance, faites-le parler, faites en sorte qu'il raconte ce qu'il a vu sans qu'il ait à répondre à aucune question précise. Le bavardage est précieux, pour qui sait l'écouter. Faites-le bavarder, peut-être en sortira-t-il une chose qui nous étonnera.

Mosca pensa aussitôt que le « nous » procédait d'un effet déclamatoire, car l'œil allumé de son chef donnait à penser qu'Aurelio venait d'imaginer un nouveau scénario où il ne serait pas plus étonné si... Le reste de la phrase dépendait-il de l'observation ou de l'imagination ? Revenir inlassablement sur des faits anciens commençait à lasser sérieusement le sbire. Il le manifesta par un soupir assorti d'un clignement de paupières sur ses yeux ronds. Sans nul doute, Aurelio courait après des chimères. Bah ! Tant que pour satisfaire un homme en rouge, il pouvait benoîtement aller boire une *ombra* dans une taverne en compagnie d'un gondolier, pour bavarder…

La taverne de la *Stella d'oro* donnait sur le quai du port de San Marco. Sous les solives enfumées se rassemblait une foule bigarrée venue des quatre coins du monde : teutons en culottes de cuir, marins de Chypre, de Malte en chemise de toile, marchands de Venise en manteaux de drap, florentins en robes de velours et bonnet drapé, turcs à turbans et caftans de soie, courtisanes aux épaules nues. Les badauds des grandes villes y côtoyaient les capitaines de vaisseaux, les négociants, les fonctionnaires des douanes, quelques artistes aussi. Une patronne à l'œil revêche éloignait impitoyablement les esclavons au crâne rasé, les portefaix en sueur, les pèlerins aux pieds nus et les courtisanes à trois soldi qui fourmillaient sur le port. Si bien que, lorsque le sbire Mosca, en patrouille sur le quai, posa la main sur l'épaule de Ser Remigi, qui venait de débarquer un client sur la *piazzetta*, le gondolier se trouva flatté d'être invité à prendre un verre à la *Stella d'oro*.

– *Per San Marco*, surveiller le port est un travail bien ingrat, compère, lui dit Mosca avec rondeur. Et après tout, il peut aussi bien se faire à travers les fenêtres d'une bonne taverne. Quant à toi, laisse un instant ta rame, et viens te rafraîchir. Je viens de gagner un peu d'argent au loto et j'ai fait vœu que si je gagnais, j'invitais à prendre une *ombra* le premier ami que je rencontrerais.

À l'évocation d'une victoire à la loterie, les deux hommes mirent leurs doigts en cornes de manière à apprivoiser la chance et se dirigèrent d'un pas allègre vers l'enseigne à l'étoile d'or. Ser Remigi ôta son bonnet de gondolier, et puisqu'il entrait pour la première fois à la *Stella d'oro*, il prit un air dégagé d'habitué des lieux. Il était petit et râblé, enjambait les dalles du sol, posait le pied en assurant sa prise, comme s'il était toujours sur le plat de sa gondole.

– Eh bien, à votre victoire, *Capo* ! fit-il en levant son verre.

– À la tienne, Peppino.

Ils burent une longue gorgée, s'essuyèrent la bouche du revers de la main. Puis Mosca sourit. Un homme qui a gagné se doit de sourire, même s'il n'a gagné qu'en imagination et qu'il a menti pour la bonne cause. De plus, s'il ne veut pas susciter de jalousie, s'il veut se faire bien voir, il doit laisser deviner le montant de sa victoire, victoire modeste, à la portée de tous, y compris de son invité.

– Je suis content de t'avoir rencontré, Peppino, et je suis en règle avec ma conscience, car un vœu ne se trahit pas et je suis content de pouvoir l'accomplir avec toi.

Peppino acquiesça, apparemment satisfait. Il faut toujours faire un vœu, quand on achète un billet du loto d'argent, sinon, on ne gagne plus jamais, c'est bien connu.

– Et toi, tu joues, des fois ? questionna le sbire.

– *Per Bacco* ! Comme tout le monde. Mais il ne m'est pas encore arrivé d'aller sonner les cloches de

San Marco, comme le fit un jour mon collègue Ventosi. Dommage.

– Celui qui avait gagné trois cents ducats ?

– Lui-même. Au loto d'argent. Une fois, le beau-frère de ma femme gagna un banc aux *beccarie*.

On évoqua longuement encore les gains divers que l'on pouvait faire aux loteries : non seulement de l'argent, des emplacements au marché de *Rialto*, mais des parcelles de cultures ou de bois sur la terre ferme, des immeubles, des vêtements… Venise l'entreprenante, la capitaliste, la vénale, faisait de tout temps les yeux doux à la *Fortuna*. Peppino Remigi rêvait d'une nouvelle gondole, grande comme un salon, avec un felze de feutre rouge, des tapis de Perse et assez de place pour une mariée, sa suite et ses musiciens. On parla donc cérémonies : la noblesse recommençait à donner des fêtes somptueuses. Une fille du *Procuratore* Mocenigo avait épousé Tommaso Morosini ; la noce avait été fastueuse et avait duré trois jours durant lesquels tant de monde avait circulé pour s'approcher de la fête que tous les gondoliers de Venise avaient gagné en trois jours le salaire d'un mois. Les pensées de Peppino Remigi s'envolaient, légères comme les vapeurs du vin non coupé d'eau de la *Stella d'oro*.

– Et puis, il y a les enterrements, suggéra Mosca. Avec profusion de drap d'or pour compenser les voiles noirs.

– Ouais. Les enterrements, ça paye, mais c'est pas ce que je préfère.

– Quand même, insista Mosca. Te souviens-tu de l'enterrement de Giorgione ? Le monde qui a suivi le cercueil…

Peppino Remigi faisait la moue.

– Oui, mais les enterrements, c'est seulement un aller-retour. Tandis que les mariages, ça bouge tout le temps. Et que je te mène en cortège sur la *piazzetta*, et que je te conduise à l'église, puis chez les parents, et des parents… y en a !

Peppino Remigi agitait ses grandes mains calleuses habituées à la rame comme si, du même geste, il brassait l'eau des canaux et des pelletées de parents.

– Et puis, poursuivait-il l'œil égrillard, des fois, ils demandent qu'on les promène sur l'eau des heures entières, rien que pour profiter du balancement sur les coussins et du felze rideaux tirés. Et toi, tu entends la musique et les soupirs. Ça te met le printemps dans la culotte, camarade.

Peppino riait de bon cœur, le vin non coupé émoustillait ses pensées. Mosca approuvait. Commercialement parlant, c'était clair : il fallait préférer les mariages aux enterrements. Mais le bavardage prenait un tour qui n'arrangeait pas le sbire, et soudain celui-ci ne sembla plus avoir gagné au loto. Ce fut le gondolier qui repartit sur une idée qui lui traversait l'esprit et qu'il exprima aussitôt :

– Et puis, les enterrements, voyez-vous, *Capo*, y en a toujours un pour qui ce n'est qu'un aller seul.

– C'est ma foi vrai, dit Mosca avec un sourire forcé.

Et sur cette pénible évidence, il vida son verre, tout en réfléchissant à la manière d'orienter la conversation. Puis, comme s'il avait le vin triste :

– Mais moi, tu vois, j'avais de la tendresse pour Giorgione.

– Ben, moi aussi, dit Peppino. Même que je vais vous dire, *Capo* : des fois, il m'arrive de penser que je lui ai sauvé la vie.

– Comment ça ? fit Mosca, l'œil rivé dans le fond de son verre pour en dissimuler l'éclat soudain.

– Oh, une idée comme ça… C'est à croire… On se demande bien…

Peppino essaya plusieurs phrases censées exprimer ses doutes et ceux-ci étant établis tant bien que mal à travers les vapeurs imprécises du vin, Mosca, en deux mots rassurants, donna un coup d'envoi qui libéra le gondolier :

– Quand j'ai tourné le coin du *rio*, il y avait cet homme qui était accroché à Giorgione… Il faisait nuit et ma lanterne éclairait à peine. Quand j'ai crié, il a crié aussi… je ne sais quoi… c'était normal qu'il crie au secours… mais le temps d'un éclair, j'ai bien cru qu'il était en train de le frapper plutôt que de le retenir. Et dès qu'il m'a vu, peut-être bien qu'il a changé son fusil d'épaule. Une impression, comme ça… De toute façon, le noyé était encore vivant, on pouvait rien reprocher…

Sur ces mots, Peppino s'arrêta un instant de bavarder, vida son verre et copia son air mélancolique sur celui du sbire.

– *Cazzo,* Peppino, pourquoi tu me dis ça maintenant ? dit Mosca sur un ton de reproche amical.

– Eh, *Capo*, qu'est-ce que ça vaut, une impression comme ça ? Je vous ai bien dit qu'on a été deux à le sortir de l'eau. C'est vrai et c'est dans votre rapport, avec nos noms à tous les deux.

– Sans doute. Mais toi, tu l'avais déjà vu, cet homme ?

– Évidemment, j'y en ai amené, des gens, dans ma gondole, à *San Salvatore*, chaque fois qu'il y avait office ou que l'abbé avait ses invités. C'est Ognissanti, le jardinier.

17 : UN JARDINIER

Ayant, durant un temps raisonnable, poursuivi sa conversation avec le gondolier, Mosca, sans hâte, avait pris congé du témoin, lui recommandant de nager en ligne droite, puis s'était précipité chez le Chancelier pour lui faire le compte rendu de leur bavardage. Aurelio avait dû réfléchir entretemps, car ce qui paraissait à Mosca une nouvelle de la plus haute importance, pour ne pas dire fracassante, fut accueilli avec l'intérêt que l'on porte à une chose connue, non avec la chaleur d'une découverte. Décidément, son cerveau travaillait avec un temps de retard sur celui d'un chef.

– Excellent, Mosca, commenta Aurelio souverain. *San Salvatore*. Je m'attendais à ce que ce soit à *San Paterniàn*, mais cela ne fait pas de différence. Ainsi, vous me dites qu'il y en a un de plus sur le tableau.

Bien qu'il ne comprît pas le sens de cette dernière phrase, Mosca se montrait à la hauteur :

– Il nous faut à présent interroger cet Ognissanti, Excellence. Je sais où le trouver, le gondolier m'a dit qu'il ne quitte guère sa masure dans le mur du couvent.

– Bien. Amenez-le ici. –Mais tâchez de le faire discrètement, ajouta Aurelio comme s'il venait de se souvenir de cette précaution essentielle.

Le scrupule du Chancelier n'avait pas échappé à Mosca, qui triompha modestement :

– Soyez sans crainte, Excellence, je sais comment le prendre.

Car il n'avait pas fait bavarder le gondolier pour ne rien apprendre sur le jardinier de *San Salvatore*.

Cependant, quand il se présenta le lendemain à l'huis du couvent de *San Salvatore*, Mosca dut bien s'avouer un oubli : qu'avant d'emporter le jardinier, il devait affronter le portier, sorte de cerbère aussi bruyant et vindicatif qu'un chien de garde, qui ne le laissa pas emmener la moindre pièce appartenant aux moines sans ameuter le père prieur et, ce faisant, une rangée de tonsurés qui se formait dans le cloître en prévision de l'office de tierce. Mais enfin, au bout d'un certain nombre d'hostilités, puis de négociations, Mosca s'en revint au palais, accompagné de sa prise. Il la plaça dans une cellule, et lorsqu'il fut question de l'exhiber aux yeux du Chancelier, il se garda bien d'avouer à son chef le prix de sa victoire.

Ognissanti avait été un de ces nourrissons qu'on trouvait au petit matin dans les recoins de *Rialto* ou sous le porche d'une église, une pauvre créature née de rencontres de hasard dans les ruelles sombres, entre marins ivres et femmes usées que la misère renvoyait aussitôt à leur gagne-pain. Il avait dû pousser sa tête un matin entre deux passes, être jeté dans une toile crasseuse parmi les sanies et les détritus sordides du marché. Mais, soit que, comme il arrive souvent, ses vagissements de faim aient attiré l'attention des *vigili della notte*, soit qu'une âme charitable passât par là, le bébé se retrouva dans un couvent de repenties dont les nonnes, en mal d'enfant, crurent travailler à leur salut en élevant celui-là qui aurait pu être le produit de leurs œuvres passées. L'avait-on trouvé le jour de la Toussaint ou les bonnes sœurs pensèrent-elles lui assurer plus de protection en lui donnant comme patrons tous les saints du paradis ? Toujours est-il que, comme elles se sentaient collectivement la mère de cet enfant sans père, elles décidèrent d'un commun accord de l'appeler Ognissanti. Elles le confièrent à une dernière arrivée, jeune novice féconde et opulente qui lui donna le sein, de sorte que l'enfant se mit à croître. Hélas, la petite larve s'avéra bientôt difforme, mais elle s'accrochait à sa vie diminuée, à son avenir pitoyable, plus qu'aucun rejeton aristocrate à qui fussent promis titres et fortune. C'était, disaient les âmes pieuses, qu'il était élevé dans la dévotion. Et dévot, il le devint, l'enfant des repenties, à vivre au rythme des cloches et des offices, dans l'intimité des anges, des saints et des personnages dorés qui surplombent les autels, à répéter des psaumes en un latin qu'il ne comprenait pas, mais qui chantait dans sa tête comme les voix des chœurs célestes. Il grandit, mais la bosse de son dos ne se rectifia point, ni l'arc exagéré de ses jambes, ni cette fente de la bouche qui l'empêchait de prononcer les mots de façon claire. Cependant, une étrange vigueur habitait ses membres tordus et ses grandes mains, lorsqu'elles s'emparaient de la houe, de la pioche ou de la hache, arrachaient sans fatigue les racines de chiendent, déterraient le chardon, fendaient les troncs de cyprès d'un geste sûr. Adolescent, il passa du potager des nonnes à celui de *San Salvatore*. Sa docilité, sa piété, son corps à ras de terre, son endurance et sa frugalité lui obtinrent la guérite du jardinier, ouverte d'un côté sur un pan du jardin des moines, de l'autre, sur une venelle obscure qu'il n'empruntait que rarement. Depuis trente ans qu'il était au service des moines de *San Salvatore*, qu'il y remuait la terre, en tirait des légumes, y creusait des tombes à l'occasion, les moines s'étaient habitués à sa présence discrète au potager, dans un angle du cloître, un coin des cuisines et même dans le fond de l'église. Comme un animal domestique, un chien fidèle, il contemplait avec ravissement les êtres supérieurs dont il dépendait, ramassait au passage le peu qu'il appréhendait de leurs habitudes, de leurs paroles, et ramenait ces richesses dans l'antre de son cerveau étroit. Là, il savourait longuement des bribes de sermon, les collectionnait comme des débris de statues de plâtre, et peuplait son sommeil de bête du tableau de leur infinie beauté, de leur infinie sagesse. Il vouait à la main qui le nourrissait un amour, une obéissance sans bornes. Ne lui avait-on pas dit qu'à cette condition, il serait un jour comme eux, puisqu'il s'appelait Ognissanti ?

Aurelio comprit tout cela lorsqu'il fut mis en présence du nabot emballé dans une tunique de bure usée, les pieds sales liés par des sangles à des semelles de bois, la tête couverte d'une toison rêche. Il vit à peine son visage ; il soulevait péniblement la tête pour l'abaisser aussitôt, plus lourde sous le poids de sa bosse, ou comme ébloui par la vue de tout ce qui dépassait sa pauvre carcasse difforme. Il inspirait autant la pitié que la répulsion. Aurelio fit effort pour réprimer l'un et l'autre.

– Ainsi donc, on vous appelle Ognissanti, dit-il pour commencer.

Le bonhomme émit une série de sons et de chuintements dont on put deviner « omnipotens, sanctissime Domine ». Heureusement, Mosca assistait à l'entretien ; il était sûrement parvenu à communiquer avec l'infirme, puisqu'il l'avait amené jusqu'au palais ; il était donc en mesure d'intervenir dans un travail d'échange verbal. Mais le fait d'entendre des mots latins sortir d'une bouche aussi pitoyable, avec tant d'efforts et de torsions d'épaules, avait quelque chose de vraiment saugrenu. Aurelio décida d'être simple et direct.

– Vous avez tiré un homme du canal, l'hiver dernier. L'avez-vous vu tomber ?

Il fallut répéter la question, la diviser en tronçons, la diversifier, attendre que les mots fissent leur chemin. Finalement, le bonhomme, se repliant sur lui-même, sembla replonger dans un passé qui l'avait douloureusement marqué. Il finit par se répandre en une pathétique lamentation :

– La volonté de Dieu, sanctissime Domine, pitié, ne frappe pas ton serviteur. Mea culpa non est. Venit angelus. Un ange, je te dis. Je t'ai dit qu'un ange est venu. C'était la volonté de Dieu, pitié, sanctissime Domine.

– Tu l'as vu tomber ? insista Mosca.

– Oui, oui, oui, Dominus magnificus, sanctissimus. Mais venit angelus, et l'ange m'a pris des mains le bâton et Dominus Deus a fait de moi comme Abraham, quand le Signor Isaac était lié sur la pierre et Dieu a changé d'avis et il a envoyé un ange. Angelus bellissimo, et je lui ai obéi et je l'ai aidé à sortir l'homme du canal.

– Et comment était-il, cet ange ? gronda Aurelio sur un ton rude.

Mais au lieu de répondre, le bonhomme se lança dans une série de contorsions qui le rendit plus recroquevillé qu'il ne l'était à l'état initial. Ses grandes mains se crispèrent sur son crâne, empoignaient des touffes de cheveux.

– Pitié, Sanctissime Domine, misericordia. Mea culpa non est. Est voluntas Dei…

Il fallut insister encore, deviner le galimatias, trier les mots latins et vénitiens pour savoir que l'ange était apparu sortant de l'ombre, glissant au ras de l'eau comme dans le tableau suspendu au réfectoire, et qu'il avait dit de sa voix céleste « que fais-tu ? », et, lui arrachant des mains la houe ou le râteau, lui ordonna de l'aider à sauver le pêcheur.

– Comme ça s'est passé pour Abraham et Isaac, bredouilla-t-il, mais Isaac n'était pas un pécheur comme celui que j'ai poussé dans l'eau. Et j'ai tout fait comme tu me l'as dit !

– Qui te l'a dit? s'écria Aurelio.

Le Chancelier vit le pauvre homme tressaillir. Le ton de sa voix avait ajouté à ses terreurs. La corde n'eût pas été plus efficace. S'étant péniblement redressé tandis qu'il évoquait l'intervention de l'ange, il repartit dans une succession de torsions qui le firent tomber à genoux.

– Le Grand Chancelier t'a posé une question, intervint Mosca en lui envoyant une bourrade sur la bosse.

Ce fut comme si la mémoire animale d'Ognissanti revenait plus forte encore pour s'emparer de lui. Visiblement, ce coup lui faisait revivre une scène terrible. Il tremblait, était au bord des larmes. Son corps difforme se contractait, se tassait, se flétrissait, à la limite de l'humain. Il haletait, en proie à une agitation extrême :

– Te l'ai dit, sanctissime, omnipotentissime Domine, te l'ai dit combien de fois déjà ! Ai fait comme pour les autres. Ai pris ma pioche, l'ai fait tomber, voulais frapper pour enfoncer le crâne. Mais il est tombé dans le fond. Ai frappé, frappé, mais frappé l'eau. Alors, l'ange est venu avec sa lanterne. L'ange a parlé et l'a fait remonter et il a nagé vers lui. Et il m'a commandé de l'aider. Tu me commandes une chose, mais lui me commande une autre ! Et Ognissanti ne sait plus à qui il doit obéir ! Domine, non sum dignus… Confiteor…

Ognissanti se tordait de souffrance réelle. Une souffrance mentale aussi aiguë que celle d'un homme injustement condamné, d'une femme devant son enfant mort ou d'un saint doutant de l'existence de Dieu. Ognissanti n'était plus protégé par le ciel, le Christ avait trahi sa parole, le monde devenait incompréhensible. Ognissanti suppliait, bégayait, crachouillait :

– C'était comme je te l'ai raconté, sanctissime Domine, Veritas Dei, tu dois me croire. Je t'ai toujours obéi. J'ai toujours fait ce que tu m'as demandé. Ognissanti écoute la parole de Dieu, Ognissanti est un bon chrétien... Quand tu lui as demandé, pour le pécheur sodomite qui s'appelait Girolamo, il l'a fait ; pour le jeune vicieux Sandro, il l'a fait ; et pour le débauché qui s'appelait Zorzi, il l'a fait aussi. Demande à Ognissanti, il fera. Mais ne frappe pas son dos et crois-le quand il te dit que c'est un ange... Voluntas Dei... Misericordia... Ognissanti est bon chrétien...

Aurelio et Mosca se regardaient interdits, tandis que les lamentations continuaient encore, d'une voix aiguë, insoutenables, avant de se calmer peu à peu.

– Relevez-le, Mosca, et donnez-lui à boire, dit enfin Aurelio d'un ton apaisant.

Un peu de silence enfin, pendant que l'homme buvait, l'eau lui coulant le long du menton. Digérer que le jardinier, difforme dans son corps autant que dans son esprit, ait, de ses mains puissantes armées de quelque outil de fer, massacré Girolamo Contarini et Sandro Vascarelli, et tenté d'assassiner Giorgione. Et il venait revendiquer ces actes de courage et d'obéissance, ces trois crimes dont Mosca et lui cherchaient depuis tant de temps l'auteur. Et voilà que la main criminelle se livrait, avec simplicité, franchise, et son tourment venait seulement de n'avoir pas tout à fait réussi sa dernière mission. Qui s'était servi de lui ? Il était facile de convaincre ce simple d'esprit du bien fondé d'un tel acte punissant le vice. Mais qui s'était servi de lui ?

– J'ai fait ce que tu m'as demandé, exhalait encore le pauvre homme, entre deux gorgées.

Aurelio comprit que, dans la confusion mentale où se débattait Ognissanti, tout homme revêtu d'une robe et de quelque autorité –a fortiori brutale– devenait son maître. En cet instant, le simple d'esprit confondait en un seul maître l'homme qui l'interrogeait en ce moment et celui qui jadis, au nom de la vertu, avait commandé l'assassinat de Girolamo Contarini, de Sandro Vascarelli et de Giorgione ; qui lui avait reproché de n'avoir pas accompli sa dernière mission et l'avait battu, sans doute. Comment faire pour extraire du brouillard de cette pauvre cervelle le nom de ce maître ? Dans cet étrange transfert de personnalité, comment obtenir la réponse à la question : « Qui suis-je ? Oses-tu prononcer mon nom ? »

– Ognissanti, qui t'a ordonné de tuer Girolamo ? questionna doucement Aurelio.

Ognissanti émergea de contrées lointaines. Son regard humide de bon chien devenait suppliant.

– Mais vous, sanctissime Domine, bellissime, potentissime, vous le savez bien... par le saint des saints... Sanctus, sanctus, Domine Deus sabaoth…

189

– Qui suis-je, oses-tu prononcer mon nom ? coupa Aurelio.

– Vous me l'avez défendu, sanctissime Domine. Kyrie eleison, Christe eleison…

– Oui, mais à présent, je te l'ordonne.

La stupeur et un bonheur indicible se lurent sur le visage de l'infirme. Des larmes de tendresse coulèrent sur ses joues hirsutes. Son visage en prit une expression presque humaine. Ses lèvres parcheminées mâchèrent quelques mots qui ne sortaient pas. On finit par deviner :

– Alors, vous me pardonnez ?

– Oui, si tu prononces mon nom.

Aurelio le vit s'approcher, crapahutant sur ses genoux. Un chien, qui viendrait lui lécher la main. Il se reprocha un haut-le-cœur. Car Ognissanti, s'avançant jusqu'à le toucher, s'empara d'un pan de sa robe qu'il porta en tremblant à son front.

– Bénissez-moi, Fra Bartolomé, gémit-il.

18 : UNE PEUR

– Il me faudrait à présent pouvoir questionner ce Fra Bartolomé, Mosca. Au plus vite. Faites-le venir ici, opérez comme pour le jardinier : discrétion, prétexte anodin : un factionnaire, un valet du Doge, un prisonnier qui réclame les sacrements…

– Hélas, Signor Chancelier, j'ai à vous avouer que cela sera difficile. On ne sort pas facilement de ce couvent. Et je dois dire qu'y entrer ne vaut guère mieux.

– Que me chantez-vous là ?

– C'est que… l'arrestation d'Ognissanti n'a pu se faire dans la discrétion.

Les deux hommes se faisaient face. L'un, grand, rouge, à la fois stupéfait et courroucé, l'autre, noir, menu, pâle et contraint, prêt à murmurer les mots latins dont ils venaient tous deux d'être abreuvés. *Confiteor…*

– Comment… Je vous ai toujours vu agir sinon avec intelligence, du moins avec précision. Que vous est-il arrivé, Mosca ? Ne m'avez-vous pas dit que vous saviez comment vous y prendre, avec le jardinier ?

– Oh, le jardinier ne fut pas un problème, Excellence. Mais pour entrer dans le jardin, il fallait passer le grand portail…

– Ne m'avez-vous pas parlé d'une poterne, et qu'elle ouvrait sur la venelle ?

– Certes. Celle du jardinier, justement. Mais elle était fermée, et solidement scellée. Devais-je l'enfoncer ?

– Vous eussiez fait sans doute moins de bruit en l'enfonçant. A-t-on jamais vu un sbire arrêté par une porte fermée !

Aurelio avait écouté révulsé le récit de son sbire. Il avait tendance à s'irriter lorsque les choses échappaient à son contrôle. Il taquinait nerveusement son petit sceau de bronze, constatant avec rage qu'il était exactement dans la situation qu'il voulait éviter. Enfermer le jardinier des moines, soit. Pour la place que ce misérable prenait dans le potager, ils ne s'en seraient peut-être pas aperçus de si tôt. Mais voir entrer la force dans un lieu sacré, voilà qui passait le seuil de la maladresse. De plus, Fra Bartolomé avait donc vu Mosca emmener son complice, son homme de main. En inquiétant Fra Bartolomé et tous ceux qui manipulaient le pauvre jardinier, il permettait au moine de donner l'alerte, laissait s'échapper les rats et avec eux, la moindre chance de preuve de tout ce qu'il avait fini par découvrir.

– J'ai donc commis une erreur, Excellence, reconnut Mosca avec sérénité. Mais ce n'était pas normal non plus qu'un sbire de la République aille forcer une porte dans la muraille d'un couvent. J'ai donc compté sur la bonne volonté du portier, mais je me suis trompé. *Mea culpa est*, comme dit leur valet que vous séquestrez.

Aurelio jeta sur le sbire un œil aigu, rapide. L'espace d'un éclair, il vit que Mosca lui renvoyait un regard lourd et sans contrition. Car il n'était pas très régulier non plus de séquestrer sans acte officiel un valet au service d'un ordre religieux. Aurelio le savait bien. Le lui aurait-on reproché, les aveux spontanés de son prisonnier pouvaient prouver à tout moment qu'il avait de bonnes raisons de le garder enfermé. En fait, il fallait en cela jouer de vitesse et le premier qui prouverait le bien fondé de son action serait approuvé par les Quaranties criminelles, à supposer qu'elles soient saisies de l'affaire. Le prieur de *San Salvatore* irait-il introduire une plainte pour la perte de son jardinier ? C'était peu probable : il l'avait laissé partir sans faire trop d'histoires. Cette idée effaça un peu la mauvaise humeur du Chancelier.

– Bon, dit-il à haute voix. Reste que Bartolomé sait à présent que son homme de main est en nos griffes. Il est aux abois et qu'il demeure en liberté n'est pas plus mal. Il nous mènera à ses complices. Que fera-t-il, Mosca ?

– Il sait aussi que son homme parlera.

– Justement. Malgré qu'il ait défendu de prononcer son nom. Mais on peut compter qu'il agira comme si Ognissanti avait vidé son sac.

– Dès lors, se sentant en danger, il prendra la fuite, suggéra Mosca.

– C'est ce que je ferais, si j'étais lui, approuva Aurelio. Mais on imagine peu à quel point, dans tous ces ordres religieux, on apprend l'obéissance... Il s'en remettra à son oncle... Il ne m'étonnerait pas non plus que l'oncle Lazzaro se rende prochainement chez le Nonce.

– J'ai mes mouches autour de *San Paterniàn* et autour de la nonciature, dit Mosca. J'en ai laissé deux à *San Salvatore*, une devant l'entrée principale, une dans la venelle de la poterne, on ne sait jamais.

Aurelio approuva du chef, satisfait de voir que Mosca retenait au moins ses leçons : on laisse toujours une mouche aux endroits que l'on quitte après y avoir procédé. Il ne paraissait plus du tout irrité lorsqu'il congédia son sbire. Celui-ci s'en trouva soulagé, au point que lorsqu'il entendit dans son dos le Chancelier lancer : « Et discrétion, je vous prie ! » il répondit par un sourire discret.

L'instant d'après, Aurelio se retrouva seul avec ses pensées qu'il passa en revue : Que ferait le novice, resté seul avec ses angoisses et la quasi-certitude d'avoir été nommé ? S'en remettrait-il à son prieur, ou plutôt à son oncle ? Que ferait son oncle ? Que ferait le Nonce, ou toute personne impliquée dans l'affaire ayant autorité sur le moinillon ? De plus, on a tort de croire que dans une chaîne de malfaiteurs ne figure qu'une personne à chaque étage. Que devenaient, à présent qu'une organisation du tableau semblait se confirmer, que devenaient les autres suspects ? Une Laura, un Scarfati ? Pietro Contarini, qui rencontrait Laura ?

Laura... Il lui sembla qu'une éternité s'était passée depuis le jour où il avait reçu sa visite, contemplé son regard doré, son sourire enchanteur. Laura, disait-on, était devenue la reine de Venise. Elle présidait les fameux dîners intimes du *Capitanio* Marcello, lorsque ce riche célibataire et esthète raffiné revenait de ses voyages. Elle était l'amie des Foscarini, avait conquis la très sourcilleuse Signora Trevisan. L'image de Laura surgissait de temps en temps devant lui sans raison apparente. Cela l'inquiétait ; il en détourna ses pensées.

On était vendredi, en fin d'après-midi. La journée touchait à sa fin et une étrange lumière d'or sombre perçant d'épais nuages gris envahit soudain le ciel, répandant sur la ville une clarté d'un autre monde, rasante, crépusculaire.

Les cloches des couvents de Venise, dans leur concert lointain, joignaient leurs voix à celles toutes proches du campanile et de l'horloge de la place Saint-Marc. Cela signifiait que le soir se mettait en mouvement. À une centaine de pas, les maures, au sommet de la tour, soulevaient leur marteau ; dans tous les couvent de la ville, les moines, défilaient, le long des cloîtres. Ils marchaient lentement, modulant leurs prières d'une voix d'outre-tombe, entraient dans l'ombre des sanctuaires. Des âmes pieuses les rejoignaient en silence. C'était l'heure de louer Dieu avant le repos du soir ; l'heure où Girolamo

Contarini s'échappait de son palais pour courir vers la mort qui l'attendait au premier pont sur le *rio*.

Aurelio se rappela le tableau de Giorgione et frissonna. Fra Bartolomé s'était retourné sur le passage de Girolamo, tendait son visage angoissé vers la porte dont le claquement retentissait encore entre les murs du grand vestibule. Ses doigts demeuraient crispés sur les touches de l'orgue, prolongeaient l'accord au-delà du temps signifié par la note écrite du solfège, si longtemps que Don Lazzaro avait lâché sa viole et, tenant le manche de son instrument de la main gauche, posait la main droite sur l'épaule de son neveu. Un geste d'apaisement, de rappel, sans un mot, mais avec une expression de froideur impérieuse, menaçante. C'est alors que les cloches de vêpres avaient sonné, à *San Salvatore* comme à *San Paterniàn*. Et le concert fut interrompu par le vent froid qui présageait la mort.

Le soir, les murs épais du palais des Doges dégorgeaient une fraîcheur humide. Aurelio se pelotonna frileusement dans sa robe. Si ses conjectures étaient exactes, aujourd'hui, Fra Bartolomé s'était précipité chez son oncle aussitôt après l'office du matin dont Mosca avait troublé les préparatifs, peut-être même avant. Et Don Lazzaro, pour autant qu'il ait pu trouver le Nonce, avait déjà reçu ses ordres, à moins que la décision du Nonce fût de nature à pouvoir se passer des services du moine.

Leur homme de main croupissait dans les *pozzi*. Plût aux cieux qu'il n'y eût qu'un seul homme de main, se dit Aurelio, car y en eût-il d'autres, je n'arriverais pas vivant en ma maison, ce soir.

En effet, pourquoi, alors qu'on était toujours en guerre et que les espions fourmillaient dans Venise, pourquoi le Nonce du Pape n'aurait-il pas plusieurs spadassins à sa solde ?

– Messer Cartelloni, appela Aurelio, veuillez prier le capitaine Santoni de mettre deux hommes à ma disposition pour m'escorter, ce soir.

Ser Cartelloni, de son écritoire et du fond de son silence, ne perdait jamais rien des tribulations de son maître. Lorsqu'il entendit cet ordre qu'il recevait pour la première fois, cet ordre qui mobilisait des militaires de la garde du palais pour protéger le Grand Chancelier, le secrétaire sut qu'Aurelio se savait vraiment en danger et son visage exprima la terreur.

19 : DES VIVANDIERS

Le lendemain, contrairement à son habitude, Aurelio revint au palais plus tard dans la matinée. Il apprit que la veille, aussitôt terminée l'intervention fracassante de Mosca à *San Salvatore*, Fra Bartolomé, quittant l'enceinte du couvent par la poterne, s'était rendu à grands pas et tout encapuchonné au presbytère de *San Paterniàn*, en était ressorti promptement pour s'en retourner en son couvent, toujours marchant vite, y pénétrant par le chemin de la poterne.

– Les rats s'agitent, commentait Aurelio.

– De fait, approuva Mosca, puisque peu de temps après, Don Lazzaro entrait chez le Nonce. Il y resta une heure environ, puis s'en revint à *San Salvatore*. Mais lui entra par le portail où il fut salué avec respect.

– Normal, dit Aurelio. Les Contarini furent les fondateurs du couvent, Don Lazzaro en est issu, y a ses entrées et son neveu y est novice. Parfait, Mosca. Tout se passe donc comme nous l'avions prévu, et c'était la logique même. Mais à présent, nous donnerions cher, n'est-ce pas, pour savoir quels ordres a donnés le Nonce et ce qu'a bien pu dire Don Lazzaro à Fra Bartolomé à son retour de la nonciature. Vos mouches sont toujours en place, je présume.

– Ils se relayent à leurs postes, Excellence.

– Bien. Que savent ceux qui ont accès aux appartements de la nonciature ? Je veux parler des valets de *Monsignore*.

– *Monsignore* reçoit souvent dans son oratoire, qui est un lieu privé et sourd.

– Évidemment, grogna Aurelio. Tous les palais en sont pourvus, hélas. À propos, vous avez fouillé Ognissanti, bien sûr. Pas trouvé de clé sur lui ?

– Rien que des amulettes, quelques radis et des mouchoirs sales.

– Dommage. C'est vrai que vous l'avez extrait par le portail ; la clé de la poterne a dû rester accrochée à l'intérieur. Pas question de poster des oreilles au-delà du mur... Mais j'aimerais quand même savoir ce que Fra Bartolomé a dans le ventre...

A ce moment, retentit la cloche du campanile : trois heures s'étaient écoulées depuis le début de la journée de travail ; c'était l'heure du Conseil des Dix. Aurelio sursauta, expédia d'un ton précipité la suite de ce qu'il avait à dire :

– Surveillez cet homme, Mosca. Trouvez un prétexte pour l'amener ici, quelle que soit l'heure, sans bruit ni bosses. Vous le mettrez au secret, loin d'Ognissanti, bien entendu. Vous m'appellerez et je verrai bien ce que je peux en tirer... Il n'a pas les nerfs bien solides.

Tout en parlant, il rassemblait ses documents. Il était déjà revêtu de sa toge rouge et de son bonnet plat et se levait pour partir.

— Ne vaudrait-il pas mieux s'emparer de Don Lazzaro, Excellence ?

Aurelio fronça le sourcil. Pensant déjà à autre chose, il n'avait pas entendu. Ses ordres avaient été clairs, pourtant. Quelle explication lui demandait-on encore ?

— Pardon ?

— Il me semble que c'est plutôt Lazzaro... l'oncle, le chapelain, insistait Mosca, le vieux, qui a parlé au Nonce... C'est lui que nous devrions enlever pour lui donner la question.

Aurelio réprima un geste d'impatience.

— Vous n'y pensez pas, Mosca. Déjà, comme vous le dites, je séquestre un valet. Je peux m'aventurer à appréhender un moinillon accusé par le valet, mais pensez-vous que je puisse en faire autant d'un chapelain de paroisse, protégé par les Contarini, et sans preuve aucune ?

Mosca bredouillait des excuses, l'assurance que tout serait fait selon les instructions du Chancelier mais celui-ci, sur un mot de congé, tourna les talons et disparut.

Le reste de la journée, Aurelio fut occupé par le Conseil des Dix. Ces messieurs, qui parlaient au même rythme que leur pas de cérémonie, déployaient des inventions ahurissantes dès qu'il s'agissait de protéger l'ordre public. Le trouble, le tapage et le scandale étaient leurs adversaires les plus redoutés. Ils s'armaient contre eux d'un luxe de précautions qui aurait stupéfié un satrape, Mithridate ou les fils du Grand Turc. Aurelio pensait qu'en fait de scandale, il leur en préparait un beau, et il était impatient d'être délivré de leurs palabres, de retrouver son bureau, d'y voir revenir Mosca suivi d'un moinillon fiévreux qui, dans une transe de terreur mystique, lâcherait les noms de ceux qui prêtent la main à des menées contre la République. Les Dix auraient un sujet de taille à se mettre sous la dent, puisqu'ils entendraient le nom de l'un des leurs. Aurelio, qui respectait infiniment les institutions, n'échappait pas à une certaine exaspération devant certains hommes censés les servir.

Plus tard dans l'après-midi, revenu à son bureau, il rassembla les notes prises au Conseil des Dix, les déposa devant Ser Cartelloni qui allait les mettre en forme et au net.

– Ser Mosca n'est pas venu en mon absence ?

– Non point, Excellence.

Il s'enferma pour rédiger les ordres consécutifs aux différentes décisions prises par ces messieurs. Cela lui prit le restant de la journée de travail et, aussitôt qu'il eut exprimé son intention de retourner à sa maison du *campo Santa Maria Formosa*, Ser Cartelloni appela ses deux anges gardiens qui apparurent, cuirassés comme Saint Georges, l'épée au côté. Le secrétaire les vit approcher sans plus frémir. On s'habitue vite à l'idée du danger.

Le lendemain était un dimanche, jour consacré à Dieu et au Grand Conseil. Aurelio croisa un Mosca qui se contenta d'écarter les mains en relevant les épaules.

– Il ne sort pas, Excellence.

– Faites-le donc sortir, *per Bacco* ! N'avons-nous pas un prisonnier –en dehors d'Ognissanti, bien sûr– qui aurait besoin d'un soutien spirituel ? Ou bien signifiez-lui que son oncle le demande, voilà qui est plus simple encore.

Certes, c'était simple mais inefficace : le rat demeurait terré. C'était Don Lazzaro qui s'était rendu à *San Salvatore*, juste après avoir célébré l'office. Comme à la veille d'une bataille, chacun se terrait. Malgré son habitude de se rendre le dimanche après-midi chez quelque ami, quelque artiste, dans les îles ou sur la terre ferme, Aurelio ne quitta pas sa demeure ; il préféra la compagnie de ses livres, les soins de son valet Mario, renvoyant ses anges gardiens jusqu'au lundi matin.

Or, le lundi matin, le guichet du portail de *San Salvatore* s'ouvrit sur un nouveau commis fromager envoyé par l'artisan fournissant la table des moines. C'était un homme jovial aux gestes ronds, qui répondit avec bonne humeur au portier sourcilleux et parvint à endormir sa méfiance au point de se faire montrer le chemin des cuisines. Le moine cuisinier, en bon vivant, lui offrit à boire et on bavarda un peu tandis que Mosca s'impatientait au dehors.

Ce fut au milieu de la matinée qu'Aurelio vit enfin apparaître le sbire.

– Eh bien, Mosca, vous n'allez pas me dire qu'un ordre qui a le souci des pauvres séquestre ses moines le jour du seigneur !

– Ils en profitent pour contempler le Saint Sacrement, Excellence. Mais pour celui qui nous concerne, j'ai appris qu'il est malade.

Malade… pensa Aurelio, à qui il vint une foule d'idées contradictoires. La maladie de Fra Bartolomé pouvait expliquer la présence à son chevet, tout le dimanche, de Don Lazzaro. Mais cette maladie venait à un moment bien étrange, et comme la conséquence des événements.

– Malade, en êtes-vous sûr ?

– Aussi sûr, Excellence, que je me suis ruiné en fromages que j'ai offerts sur ma cassette à la table du prieur. Que Dieu –ou la République– me récompense de cette charité. J'ai un homme amateur de fromages capable de tirer les vers du nez à un cuisinier. J'ai appris ainsi que Fra Bartolomé est d'un tempérament nerveux, mal assuré du foie et du gaster, et dont les tripes se nouent plus souvent qu'on est dimanche. Les moines lui ont administré une purge et un vomitif pour nettoyer le sang, et voilà qu'il en a vomi dans la nuit, ce qui, selon lui, est bon signe, vu qu'il a rendu un sang corrompu.

– Il faut surveiller cela, Mosca.

C'était devenu une phrase consacrée que Mosca salua avec patience, tout en se demandant si les bons pères ne risquaient pas de se lasser du fromage ou ne s'inquiéteraient pas bientôt de constater que tous les vivandiers à qui ils s'adressaient changeaient de commis au même moment. Mais ce souci s'avéra sans objet car, fidèles aux symboles évangéliques, ils ouvraient leur porte aussi à tous les pêcheurs, pourvu que l'odeur de leur poisson ne couvrît pas le parfum de l'encens de l'église ou celui des buis du cloître. Ceci expliqua que Mosca s'en revint le mardi, à la même heure, dire au Chancelier :

– Excellence, Fra Bartolomé est mort.

20 : PSYCHÉ ET UN CHANCELIER

Aurelio taquinait son sceau de bronze. Il se sentait seul, démuni, inutile. Cette enquête durait depuis des mois, il la maintenait sur le feu, ne la quittait que pour y revenir avec un soin continu, inquiet ; c'était devenu sa hantise, son tourment, son bonheur. Elle l'avait habité à la manière d'un amour. S'éloignant, elle l'avait laissé languissant ; revenant, elle le voyait revivre ; il l'attendait, l'épiait, la devinait, la surveillait avec un soin jaloux. Et quand enfin elle était sur le point de céder, de s'ouvrir à lui, la voilà qui se réduisait à néant, s'évaporait, partait en fumée. Se réveillait-il d'un songe ? Avait-il, comme Psyché, imprudemment approché la lampe, laissé tomber la goutte d'huile ? Amour, quittant sa réalité tangible, s'était dissous à jamais dans l'éther, avait repris sa forme exacte : une idée, une hypothèse, un ensemble de conjectures. Aurelio s'aperçut qu'il éprouvait exactement ce que devait ressentir Psyché, élevant sa lampe au-dessus du lit vide.

Ainsi donc, Fra Bartolomé était mort. Le chemin qu'il remontait péniblement depuis des mois n'aboutissait à rien, s'arrêtait sur le vide. Aucune preuve ne viendrait au secours de son échafaudage de suppositions. Ou plutôt, il ne remonterait jamais plus haut qu'un moinillon tourmenté par sa mauvaise digestion, sa foi, peut-être sa chair. Bartolomé était-il mort de mort naturelle ? Aurelio en doutait. Il avait donné l'ordre à Ser Butiron, le médecin légiste, d'aller examiner de plus près la dépouille du novice. Par un curieux scrupule de bienséance, ou poursuivi encore par le bruit de sa dernière intervention, Mosca s'était récrié :

– Dans un couvent, Excellence !

– Mosca, êtes-vous sûr que notre moine, censé soulager le mourants, n'est pas allé prendre la peste dans un quelconque endroit sordide ? Que faites-vous de la santé publique ?

C'était un bon prétexte, et Butiron était revenu, l'esprit rempli de doutes : pas de bubons, mais le sang noir et la salive plus noire encore. Mais qu'est-ce que cela prouvait ? Qu'il y avait bel et bien un être maléfique et assez malin pour briser la chaîne des preuves, laisser l'enquête se réduire à des présomptions, et Aurelio confronté à ses hypothèses, comme Psyché devant le lit déserté dont les coussins étaient encore marqués en creux par la forme d'Amour à jamais disparu.

Quoique, se dit Aurelio, Amour à jamais disparu ait laissé de son passage bien d'autres signes, que le poète s'interdit de citer : les linges sales, par exemple. Et lui, Aurelio, avait des linges sales à traiter : Mosca renvoyé à ses affaires courantes devrait établir le compte des heures supplémentaires passées par les mouches, à surveiller des ruelles et des entrées. Il faudrait ensuite faire approuver par les Dix cette dépense incongrue. Or, ceux qui lui avaient commandé cette enquête n'étaient plus en poste. Il devrait se justifier, argumenter, se défendre face à un auditoire indifférent, peut-être hostile. À combien d'épreuves Psyché fut-elle confrontée avant de mériter le pardon de Vénus ?

Aurelio se préparait donc à cette audience. L'exposé qu'il devrait y faire mettrait un temps à prendre forme dans son esprit. Devait-il classer les éléments selon leur date, selon leur importance, ou selon leur force de conviction ? Ce qui était certain, c'est qu'il devrait veiller à ne blesser personne tout en restant objectif, qu'il fallait s'en tenir aux faits, et pourtant les interpréter. Tout un exercice. Il s'empara d'un papier, commença à griffonner quelques lignes, quelques dates. Très vite, il s'aperçut que ce premier essai se perdait dans des méandres. Il repartit sous un autre angle mais le résultat ne lui plut pas davantage. Il chiffonna le papier et recommença depuis le début. 16 octobre 1510… Le cadavre d'un patricien… un testament étrange… Ser Alvise Badoer… Giorgione…

Aurelio ressentit soudain une étrange lassitude et il laissa son esprit vagabonder sur les multiples chemins de traverse qu'il avait tour à tour empruntés et qui ne menaient nulle part, ou alors, menaient à autre chose. Autre chose qui n'était ni prouvé, ni exclu.

Les dieux rendent fous ceux qu'ils veulent perdre : c'était la phrase d'un tragique grec. Et Aurelio se perdait comme un insecte rendu fou par tous les possibles. Cependant, un seul de ces possibles correspondait au faisceau de ses observations, à ce que son intuition et son expérience des hommes imposaient à son propre jugement, à ce qu'il ressentait au fond de lui. Certes, ces lumières pouvaient être trompeuses mais il aimait cet arrangement des couleurs qui prolongeaient admirablement un trait unique. Il était peu probable que cet arrangement ne corresponde pas à la vérité et il convenait que sa démonstration établît cette vérité de façon éclatante.

De plus, cet arrangement était tel qu'à aucun moment il n'aurait besoin de prononcer le nom de Laura. Cela ne signifiait pas qu'elle soit blanchie de tout soupçon, cela signifiait que Laura resterait habiter son jardin secret, hanterait son œil d'artiste, illuminerait ses rêves fous. Il fut envahi par l'image de Laura et pour la première fois depuis longtemps, il ne l'arrêta pas, la multiplia au contraire : Laura se détachant du miroir, Laura s'approchant de lui en souriant, Laura s'asseyant sur le bord de la chaise, derrière le bureau, et il ajouta à l'image le chant de la voix, le souvenir de leur dialogue : « Oh, Excellence, le temps n'a pas beaucoup de signification pour moi. Savez-vous que j'ai espéré votre visite ? – Soyez assez aimable pour l'espérer encore. Je vous la promets. Mais les devoirs de ma charge m'éloignent de vous.»

À présent, ma charge est achevée, Laura, et je laisserai votre image me pénétrer jusqu'à l'ivresse. Mes paroles aimables ne passeront plus pour des mensonges et peut-être un jour me laisserez-vous ouvrir mon cœur qui s'épanchera avec la plus grande volupté.

Sa main tenant sa plume reposait encore sur la feuille blanche où figurait la liste inachevée de ses idées. Le $\mathcal{L}$ est une lettre magnifique, faite d'un seul trait souple terminé à chaque extrémité par une élégante volute, flexible comme une mèche de cheveux. Aurelio s'exerçait à la tracer, avec ses pleins et ses déliés, qu'il accentuait avec élégance, répétait à l'infini, comme pour exercer sa main à la même souplesse. Tantôt il l'allongeait, la comprimait, tantôt il la doublait d'une ombre, lui donnant du corps, de l'envol. C'était une écharpe de soie brodée de cercles représentant chacun un monde en miniature.

Après tout, si Psyché trouva le salut en se laissant porter par Zéphyr, un Chancelier pouvait trouver le fil de son discours en laissant sa main voguer sur l'océan de ses rêves, le long d'une ligne rejoignant la perfection de la forme, appelant l'apothéose de la couleur. Rubis, pensa Aurelio. Car le rouge profond exalte le bleu sur le manteau des madones de Bellini.

Il fallait cependant ordonnancer le discours et l'articulation qu'il cherchait lui apparut en cet instant. Il posa la plume, déchira le papier, détachant les cascades de $\mathcal{L}$ des lignes qu'il avait écrites, chiffonna ces dernières et replia soigneusement ses dessins, les glissa dans sa manche et saisit son manteau.

– À demain, Messer Cartelloni, lança-t-il s'approchant du secrétaire.

Le brave homme se leva à demi, l'air surpris.

– Je vous supplie d'attendre, Excellence, je n'ai pas encore appelé votre escorte.

Aurelio s'arrêta, pensa en un éclair que si la vérité à laquelle il était parvenu était la bonne, il n'avait plus besoin d'escorte. Plus d'escorte : certes, c'était prendre un risque. Il s'interrogea : était-ce le corollaire de sa conviction ou de la témérité ? Mais il était dans un   état d'esprit un rien euphorique et lança :

– Vous pouvez donner congé à mon escorte, Messer. Je crois pourvoir m'en passer.

– Pour de bon ?

– Je le crois, affirma le chancelier.

Mais Ser Cartelloni, en observant le visage de son maître, avait perçu l'éclair d'hésitation qui signifiait « ou du moins je l'espère », éclair suivi aussitôt de sa détermination souriante.

– Sachez que je compte me rendre chez Titien, continua Aurelio sur un ton dégagé. Je vous prie d'ailleurs de m'y faire annoncer. Envoyez un vas-y dire qui m'attendra chez le peintre. J'aurai une charge à lui confier. Je l'y rejoindrai après être passé par *Rialto*, où j'ai à faire.

Le pont de *Rialto* était encombré ; Aurelio progressait avec difficulté dans la foule. C'était dans l'affluence de *Rialto*, parmi ses richesses et ses marchands que se glissaient les mauvais garçons, les tire-laine et les joueurs de couteau. Mais ils entraient en action à la nuit tombée, et d'ailleurs, qui oserait l'agresser dans cette presse ? Mais Aurelio, tout en affichant son air indifférent, avait repéré quelques mines patibulaires qui lui lançaient des regards de vautour avant la curée. Arrivé de l'autre côté du pont, dans la *calle dei orefici* où se trouvait le bijoutier le plus réputé de la ville, un homme habillé en portefaix, roulant ses épaules athlétiques, les mains dans de volumineuses poches, sembla se diriger dangereusement vers lui. Aurelio changea de trajectoire, s'intéressa à l'étal d'un orfèvre, discuta le prix d'un saucier, le temps que l'individu disparaisse dans une *calle* adjacente. La boutique du bijoutier n'était plus qu'à quelques pas.

Sa visite à *l'orefice* avait redoublé sa belle humeur. Il pensa, en le quittant, que les bijoux sont les ferments du désir. Leur contact fait vibrer la pensée, fait surgir de leur eau l'image de la femme dont les yeux, en s'illuminant de leur reflet, ouvriront les portes de la félicité. Il tint à Titien un discours à peu près semblable :

– Ah, Titien, tes nus sont les ferments du désir ; leur vue fait vibrer la pensée ; ils font surgir de la toile l'archétype de la Femme, objet à la fois d'admiration et de désir, qui ouvre les portes de la Félicité ; celle dont le reflet terrestre dispense la volupté.

– C'est intéressant, ce que vous me dites, Excellence. Cela vaudrait la peine de réaliser une œuvre illustrant cette pensée.

Mais en revenant de chez Titien, Aurelio, quittant le royaume des Idées, se sentit vibrer d'un besoin de joie terrestre et prit le chemin de *Santa Croce*. Fantina le ramenait aux choses simples, le lavait de ses soucis d'adulte, le sauvait de la noirceur humaine et il aimait voir cette femme douce secouer la tête en gémissant : « Costantino, n'ennuie pas ton père avec toutes tes questions ». Car après les instants où père et fils joutaient à armes inégales, venaient ceux où Fantina gémissait de plus belle en le conduisant sur le chemin des délices. Et c'était pour lui comme ces tempêtes qui nettoient le ciel de la lagune et rendent la lumière plus transparente et plus intense. Fantina et Laura. Laura et Fantina. Les deux images de femme ne se confondaient pas dans son esprit ; elles se complétaient. Elles lui étaient toutes deux nécessaires, l'une pour lui donner la fièvre, l'autre pour l'apaiser. Fantina, rassurante, lui avait rendu la paix, la maîtrise de son âme, la clarté de ses pensées.

21 : UNE DÉMONSTRATION

Le lendemain, il était donc allé voir le Doge, requérant de Sa Sérénité qu'elle réunisse les Inquisiteurs d'État au sujet de l'affaire Contarini sur laquelle Alvise Badoer, lui conférant des pouvoirs spéciaux, avait jadis commandé d'enquêter. Un tel ordre du jour, malgré l'intérêt limité qu'il semblait avoir aux yeux des inquisiteurs actuels, ne les avait pas surpris pour autant : avant de transmettre leurs fonctions, les magistrats sortants rédigeaient un rapport écrit de toutes les affaires en cours et ceux en place en ce moment se souvenaient vaguement avoir lu quelque chose au sujet de la mort de ce pauvre Girolamo Contarini, que Dieu ait son âme : il avait été remplacé depuis longtemps par un homme plus digne et plus compétent. Quant à Antonio Tron, *Capo* du Conseil des Dix, il jugea que l'affaire ne valait pas une assemblée plénière, mais puisque la demande émanait du Doge, il était de son devoir de lui concéder sa présence, ainsi que son bureau.

Aurelio attendait debout derrière la grande table, saluant un à un ces messieurs qui défilaient d'un air maussade, se plaçaient autour d'un Leonardo Loredan âgé, aimable et un peu absent, si frêle sous sa grande dalmatique de soie qu'elle semblait avoir été coupée pour d'autres épaules que les siennes. Antonio Tron fermait la marche d'un air contraint. La porte pivota, le Doge, dans une sorte d'automatisme, se signa, accompagnant le geste élégant de sa main du murmure traditionnel « *In nomine Christi* » qui ouvrait la séance. « *Amen* », répondirent les voix dans un chœur désaccordé. Antonio Tron, après un regard circulaire, fronça le sourcil. Il était petit et de tempérament bilieux. Féru d'ordre et de décorum, c'était à contrecœur qu'il avait cédé à Aurelio sa place, avec son siège derrière sa grande table et ses coussins. Mais les coussins avaient disparu et que faisait, adossé au mur, masquant l'image du Christ peinte par Mantegna, en équilibre sur le rebord du précieux lambris, ce panneau rectangulaire, cette sorte de planche recouverte d'une toile grise ? Qui s'était permis de détruire ainsi l'ordonnancement de ce qu'il considérait comme l'extension de sa demeure, voire de sa personne ? Cette négligence dans un espace qui était le sien, entachait son image personnelle et fit monter d'un cran sa mauvaise humeur latente.

Cependant, Aurelio, disposant ses notes avec soin, s'éclaircit la voix et se lançait, saluant à nouveau chacun des hommes présents :

– *Serenissimo Principe*, *Signori Inquisitori…*
Signor Capo, je vous prie d'accepter mes remerciements pour l'intérêt que vous portez à une mission qui me fut jadis confiée par Ser Alvise Badoer, au lendemain de la mort inopinée de Ser Girolamo Contarini. Mission exceptionnelle confiée à un Chancelier, dans des circonstances exceptionnelles et avec les moyens les plus ordinaires, voire les plus restreints, puisqu'il me recommanda d'enquêter dans le secret, ce que je fis avec l'aide très remarquable de ceux dont je me réserve de vous parler tout à l'heure. N'ayant jamais reçu avis que cette mission dût prendre fin, je la menai, avec toute la prudence et le temps nécessaire, vers sa conclusion actuelle, que je m'apprête à vous soumettre.

– *Per Dio*, épargnez-nous ces préliminaires, gronda Antonio Tron. De quelle mission exceptionnelle voulez-vous nous parler ? N'aviez-vous pas saisi qu'approchant un Inquisiteur, celui-ci ne pouvait vous faire d'autre réponse que de vous confier une mission exceptionnelle, sans vous donner les moyens de la conduire ? En vérité, vous m'étonnez, Chancelier. Vous êtes pourtant censé connaître nos règles. Ce qui est du ressort des Quaranties criminelles ne pouvait être du vôtre et vous eussiez été bien avisé de ne rien faire, ce que devait sous-entendre la civilité de Ser Badoer. Ce fut d'ailleurs cette attitude qu'escompta cette institution dans les temps qui ont suivi.

L'Inquisiteur Giovanni Minotto, étonné de la violence soudaine du *Capo,* secouait la tête en signe d'apaisement, tandis qu'Aurelio répliquait, imperturbable :

– A vrai dire, à aucun moment, cette pensée ne me fut étrangère, *Signore*. Cependant, s'agissant de la mort d'un patricien dans les circonstances étranges que je vous rappellerai, l'on pouvait penser que peut-être étions nous devant une affaire d'État. De plus, Ser Badoer n'avait aucune raison de faire plus de civilités que nécessaire d'abord en me recommandant de confier mes affaires courantes à mes adjoints pour me consacrer plus entièrement à ce cas difficile, ensuite pour me demander rapport sur l'état d'avancement de mes travaux. Enfin, je ne vous apprendrai pas que, dans les comptes du commerce, il peut être dangereux de laisser une anomalie inexpliquée : la moindre d'entre elles peut toujours recouvrir une fraude possible et la ruine assurée.

L'Inquisiteur Marco Barbarigo fit une grimace qui ressemblait à un sourire. Les patriciens vénitiens, après avoir tiré leur fortune du commerce maritime, mettaient un soin scrupuleux à la maintenir et détestaient les anomalies de caisse. Ils parlaient en orgueilleux, mais seulement après avoir agi en pragmatiques comme le plus humble des boutiquiers. Chacun était en mesure d'apprécier les comparaisons, toujours judicieusement placées en fin d'argumentaire, qu'Aurelio allait chercher dans le commerce. Marco Barbarigo fit un signe de tête à l'adresse du chancelier qui hissa la grand voile :

– Le 16 octobre 1510, à la fin de la matinée, Ser Andrea Mosca, vigile de la nuit, me pria de venir dans les sous-sols du palais reconnaître un cadavre qu'il avait repêché au petit matin dans le *rio di San Luca*, du côté de *San Paterniàn*. Ser Butiron, notre médecin légiste était en train de l'examiner et affirmait que la mort remontait au plus loin à la veille au soir. En fait, Ser Mosca et Ser Butiron attendaient ma confirmation pour faire leur rapport officiel, et affirmer que le noyé qu'ils avaient repêché était Ser Girolamo Contarini.

– Nous avons su cela, murmura Antonio Tron, poliment excédé.

– Mais ce que peu de gens ont su, qui fut caché aussi à la famille, c'est ce que j'ai pu constater *de visu* : Ser Contarini avait le crâne vilainement enfoncé par un pieu, une pique ou une pioche. Un trou profond que ne peut provoquer une simple chute et par où s'épanchait la cervelle : Ser Contarini avait été sauvagement assassiné.

Antonio Tron s'était figé ; les autres, n'ayant pas remué, se contentèrent de se regarder, peut-être pour vérifier qui était dans la confidence.

– Je m'en ouvris aussitôt à Ser Alvise Badoer, poursuivit Aurelio. C'est à la suite de cette entrevue que celui-ci me pria en premier lieu d'organiser le secret autour de l'assassinat, en second lieu, d'enquêter avec discrétion sur ce crime.

Aurelio avait capté l'attention de son auditoire. Il était sorti du chenal, naviguait en pleine mer, pouvait élargir sa diction et celle-ci s'amplifiait comme une longue houle qui le mènerait sans à-coups à travers sa démonstration.

– Car ce que j'appris de Ser Alvise autant que du notaire rencontré à l'issue de l'ouverture du testament furent autant de faits troublants. Je vous les énonce, non dans l'ordre où je les découvris, mais selon l'ordre du temps, afin que vous puissiez en évaluer la singularité. En effet, le 15 d'octobre au matin, Girolamo Contarini décide de modifier entièrement son testament, de léguer sa fortune aux œuvres de charité ; il fait établir un nouveau testament qu'il signera le soir même. Ayant conclu ces arrangements avec son notaire, il demande aussitôt audience aux trois Inquisiteurs d'État et cette audience lui est accordée pour le lendemain, à la méridienne. Le soir de cette même journée, il est assassiné sur le chemin de son notaire. Nous retrouvons son corps le lendemain matin, dans l'état que je vous ai dit. Il devenait licite de supposer qu'un assassin l'avait empêché de signer ce nouveau testament et surtout de confier à l'État ce qu'il avait à dire.

La voix d'Aurelio était montée au sommet de la vague ; il laissa retomber son auditoire dans un creux profond, un silence, un peu consterné, meublé d'approbations muettes. Puis il remonta doucement :

– *Signor*i, je vous épargnerai les heures de surveillance, recherches, suppositions et doutes qui sont le lot de toute enquête. Ser Mosca fut un adjoint efficace, il fut mes yeux et mes oreilles présentes un peu partout dans la ville. Il fallait donner à la recherche de la vérité un air naturel ; il n'était pas question d'interrogatoires et encore moins de corde, qui rend les choses si aisées. Nous avons quand même pu apprendre … (la voix remonta la lame) que dans la nuit de ce fameux 15 octobre, Ser Girolamo Contarini avait eu un de ces songes prémonitoires qui ébranlent l'esprit en faisant voir les flammes de l'enfer à une âme pieuse. Ser Girolamo entra, dit son valet, dans une crise d'angoisse telle que rien ne put le calmer. Au petit matin, il fit venir son confesseur, Don Lazzaro, chapelain à *San Paterniàn*, après quoi il réclama son notaire. Or, dans le temps qu'il traitait avec le notaire, Don Lazzaro était parti et le valet était envoyé au palais, porteur d'un message demandant cette entrevue avec les trois Inquisiteurs, entrevue accordée, je vous le rappelle, pour le lendemain à méridienne. Quand le valet revint, Don Lazzaro était toujours absent, je vous prie de noter ce fait. Il s'était fait remplacer par son neveu, Fra Bartolomé, novice Augustinien au couvent de *San Salvatore*. Le valet dut en outre rappeler à son maître son devoir qui l'appelait à l'arsenal pour une réunion de travail. J'appris par d'autres voies que Ser Girolamo ne fit que s'y montrer, proférant des propos décousus sur l'enfer et sur la destruction du mal, et qu'il quitta cette réunion au milieu de la consternation générale. Il s'alla enfermer dans sa chambre pour n'en sortir qu'à l'heure de vêpres, où il avait rendez-vous chez son notaire.

– Il n'y arriva point, dit l'Inquisiteur Marco Barbarigo, qui écoutait, la bouche ouverte, trou noir dans sa barbe grise.

– Il n'y arriva point, *Signore*, répéta Aurelio. A ce stade, je cherchais la réponse à deux questions : La première : quel fait avait pu troubler l'entendement de Ser Contarini, au point qu'il eût besoin d'en avertir l'État, après avoir pris de nouvelles dispositions testamentaires, soit pour déshériter sa famille, soit pour obtenir l'indulgence du ciel ? La deuxième : quelle main, assez puissante et assez criminelle, au courant de ces faits, avait pu s'opposer aux projets de Ser Girolamo, au point d'organiser sa mort ?

Aurelio laissa les questions en suspens. Il fallait laisser aux esprits le temps de cheminer. Son auditoire ne pipait mot, conscient seulement que les questions étaient pertinentes et que leur réponse ne serait pas anodine.

– Vous en oubliez une autre, Messer Aurelio, intervint au bout d'un moment l'Inquisiteur Andrea Querini de sa voix grinçante. C'est la question : y avait-il un rapport entre tous ces faits ?

– C'est vrai, Signor Querini. Les événements de la vie sont souvent fortuits. Je n'ose en dire autant d'un assassinat.

Cet échange n'eut pas d'écho dans l'assistance. Même Antonio Tron ne manifestait plus que de l'attente résignée.

– *Signori*, poursuivit enfin Aurelio presque badin, j'ose affirmer qu'il n'est point d'événement important qui ne laisse, dans le tissu du quotidien, quelque trace, quelque disposition futile qu'un œil inattentif ou une sensibilité endormie ne retiendra pas. Vous savez avec quelle ferveur j'admire les artistes qui perçoivent et restituent avec tant de finesse la moindre vibration de l'air. Or, il se fait que le plus illustre d'entre eux me livra, sans le savoir, la clé de la réponse que nous cherchons. J'ose même affirmer que sa perspicacité lui fut fatale, mais n'anticipons pas. Il se fait que, le 16 octobre 1510 au matin, je me trouvais dans l'atelier de Giorgione. Il venait, par simple jeu, de peindre une scène qu'il me définit comme un instant d'une intensité particulière : un concert interrompu. Ce qu'il me donna à voir, ce n'était rien de moins qu'un témoignage de première main, la possibilité de me trouver le soir de ce fameux 15 octobre 1510, dans le grand salon du palais Contarini, tandis que Ser Girolamo se précipitait vers son assassin.

S'approchant de la bibliothèque, Aurelio, d'un grand geste, fit voler la toile recouvrant *le Concert Interrompu,* avec ses personnages inquiétants, aucun ne regardant aucun, chacun enfermé dans sa frayeur personnelle. Des têtes que l'on avait assurément déjà rencontrées. Où cela ? Aurelio sentit le frisson courir sur son auditoire mais ne laissa pas s'installer le silence :

– 15 octobre 1510, un instant avant vêpres, déclame-t-il. Le palais Contarini est envahi de monde. Tapissiers, décorateurs, musiciens, viennent préparer la fête du lendemain, organisée par Pietro Contarini pour les 16 ans de sa fille Sylvia. Ser Girolamo est rentré agité de sa réunion à l'arsenal. Refusant les services de son valet, il s'est enfermé dans sa chambre. C'est d'ailleurs pour échapper au train domestique qu'il a préféré se rendre chez son notaire plutôt que de le convoquer chez lui comme c'est la coutume. Or, voici le récit que me fit Giorgione : « Nous répétions dans le grand salon, lorsque la porte s'ouvre, Ser Girolamo traverse le salon à grands pas, sans nous saluer, sans même nous apercevoir, et disparaît à l'autre bout de la pièce. En même temps que le claquement de la porte d'entrée, retentit la cloche de vêpres ». Je vois, Signori, que vous cherchez à identifier les personnages représentés ici. Vous les avez croisés, sinon entraperçus aux obsèques de Ser Girolamo : voici le jeune Sandro Vascarelli, originaire de Vicenza, ayant demeuré à *Rialto* dans la paroisse de *Sant'Aponal*. C'est le giton du moment. Il était présent à l'ouverture du testament, manifesta sa déception lorsqu'il s'aperçut que son nom n'y était pas repris et fut retrouvé mort étranglé, son corps flottant dans la lagune. Voici Fra Bartolomé, neveu de Don Lazzaro, originaire de Trieste, comme son oncle. Il est novice chez les Augustins de *San Salvatore*, dont les Contarini sont les donateurs. Âme agitée, fébrile, supportant mal la continence, soutenu, protégé et maintenu sous la coupe de son oncle. Mort récemment de mort suspecte après deux jours de fièvres et d'intempérance de ventre. Celui que l'on ne voit pas, mais qui est présent, Giorgione, mort d'une fluxion de la poitrine après un bain forcé dans l'eau glacée du canal. Et voici enfin Don Lazzaro… confesseur de Ser Girolamo Contarini et *familier du Nonce Mazzoni*.

Il est des mots, des noms qui, prononcés dans certaines circonstances, font frémir tout Vénitien habillé d'une robe, signe de sa fonction officielle. Aurelio avait prononcé l'un de ceux-là et la dissonance était d'autant plus marquée que ce nom suivait de près celui de l'un des leurs. L'attention, dans son auditoire, était devenue palpable. Les mots qui suivirent tombèrent de tout leur poids dans un silence de plomb :

– Ce 15 octobre au petit matin, Don Lazzaro est venu écouter longuement son ouaille en confession. Il a prodigué ses conseils à l'issue desquels Ser Girolamo a convoqué son notaire. Aussitôt le notaire arrivé, il s'est rendu à San Salvatore tout proche pour commander à son neveu de le remplacer au chevet de son patient. Où est-il allé ensuite ? Nous le devinerons plus tard, mais le voici à vêpres jouant de la musique avec son neveu. Il a vu passer Ser Girolamo toujours agité, n'a pas tenté de l'arrêter, arrête plutôt l'agitation de son neveu, qui sait où va Girolamo et ce qui l'attend.

– Voilà qui est bien imaginé, Messer, mais des points restent à prouver, remarque Giovanni Minotto.

– J'en suis conscient, Messer. Mais voici que quelques jours plus tard, le Nonce Mazzoni se rend chez Giorgione pour admirer l'exécution d'une vierge qu'il avait commandée. Or il regarde à peine la vierge, mais s'arrête devant ce tableau, questionne l'artiste et Giorgione, dans sa folle imprudence, explique ce que je vous ai rapporté, et ajoute en riant : « Ne dirait-on pas que la mort est passée par là ? La mort qui interrompt le concert, la mort que l'homme d'Église a fait venir et que Fra Bartolomé suivait des yeux… » Pauvre Giorgione. Monseigneur Mazzoni, persuadé qu'il connaissait le secret, s'en retourne à la nonciature et convoque Don Lazzaro.

De cette convocation-là, et de cette visite-là, nous avons la preuve, par les déclarations sous serment d'un gondolier, lequel nous a conduits vers la main qui a exécuté les crimes.

– *Le* secret, *les* crimes ! s'écria Marco Barbarigo. On s'y perd, Messer Chancelier !

– La main qui a exécuté les crimes –je dis bien la main– est un pauvre hère, difforme, déshérité de nature, l'esprit débile mais d'une force physique étonnante. Il est jardinier à *San Salvatore*, vit sous la férule et dans la crainte de Fra Bartolomé, qui le commande comme un maître commande à un animal. Nous avons eu, Ser Mosca et moi, droit à une séance à faire frémir, où le pauvre diable revendiquait la bonne exécution des crimes qui lui avaient été commandés au nom de la Foi et de la fidélité aux injonctions du Pape. Oui, il revendiquait d'avoir dûment expédié, selon les ordres qu'il avait reçus de Fra Bartolomé, Girolamo Contarini, puis Sandro Vascarelli et pleurait de honte et de crainte du châtiment pour avoir été interrompu dans son travail sur Giorgione.

Stupeur et silence.

– Sinistre hécatombe, prononça Giovanni Minotto. Mais enfin, Giorgione est bien mort de la peste ?

– De la peste ou d'une fluxion sévère à la poitrine, quelques jours plus tard, dans son lit, en effet. Mais il était prévu qu'il meure comme Ser Girolamo. L'arrivée du gondolier interrompit ce sinistre ouvrage que le criminel masqua ensuite en un acte de secours à un homme ivre tombé par accident dans l'eau glacée.

— Et si vous nous parliez de ce secret qui semble si obscur ? questionna Barbarigo.

— J'y venais, *Signori*. Quelle cause, apparemment terrible, a pu ébranler l'esprit de Ser Contarini au point de hurler, comme il le fit, au feu et aux flammes. Quel secret le Nonce redoutait-il que Giorgione ait percé, au point de souhaiter supprimer un artiste ? Était-ce le même que le jeune Vascarelli avait reçu dans de coupables ébats et qu'il menaçait de divulguer, au grand dam de ceux qui avaient empêché Ser Girolamo de signer son testament ? Ser Girolamo appelle d'urgence son confesseur car il se voit en enfer ; quel fait rongeait sa mémoire ? Quelle action condamnable se reprochait-il, qu'il redoutât d'expier ? Que dut-il avouer en confession, qu'il voulût racheter en léguant sa fortune aux œuvres et en réclamant l'oreille des trois Inquisiteurs d'État ? Hélas ! Qui n'a, à un moment de sa vie, revécu des événements importants dont le souvenir latent surgit au hasard d'un fait que l'esprit détourne et capte avec autant d'âpreté que s'il s'agissait d'une réalité d'hier ? Signori, remontons à deux ans à peine. Qui d'entre nous ne se souvient des anathèmes du Pape, de ses commandements, de ses promesses d'indulgence, pour qui ferait du tort à la République de Venise ? Nous fûmes excommuniés, déclarés ennemis de l'Église et du Christ. La tranquillité du peuple ne fut assurée que parce que nous avons interdit la publication des bulles papales. Mais que dire de ceux qui en connaissaient le contenu ?

Dans l'assistance, les uns haussaient les sourcils, les autres hochaient la tête. Aurelio sentit qu'il fallait en revenir aux faits et plongea dans ses notes.

– Le 10 de mars 1509, le Conseil des Dix débattit de la dispersion des réserves de poudre. Ser Contarini milita vigoureusement pour son maintien à l'arsenal, il ne fut pas suivi dans son opinion, mais le reste de la poudre explosa quatre jours plus tard après que Ser Contarini eut refermé lui-même la grille de fer. L'enquête n'aboutit qu'à des hypothèses.

– *Per Dio*, c'est aussi à des hypothèses que conduit la vôtre, Messer Chancelier, s'insurgea Antonio Tron contenant mal son indignation.

– Le 20 avril de la même année, le feu se déclara dans le bâtiment des archives. Le registre prouve que Ser Contarini y avait passé la journée et une partie de la soirée à compulser des documents.

– Et pourquoi ne soupçonnez-vous pas l'employé des archives ? insista Tron.

Mais cette fois, personne ne sembla accorder d'importance à cette remarque et celle-ci se perdit dans une confusion de voix. Ils se rappelaient tous dans quelle atmosphère d'apocalypse ils avaient vécu entre les menaces verbales de Rome, les catastrophes naturelles et les désastres de la guerre. Peut-être même leur propre fermeté avait-elle vacillé un temps, comme l'avait fait l'esprit de Ser Girolamo, un homme qu'ils avaient connu influençable, hautement religieux comme toute sa famille, torturé et affaibli par ce vice de plus en plus répandu parmi les mâles de la République, dont seules les absolutions dispensées par son confesseur devaient calmer la brûlure infâme. Tels étaient les propos tenus par bribes dans l'assistance. Ils étaient entremêlés d'expressions de stupeur, de pitié, de doute, d'indignation. Aurelio les laissa affleurer, s'écouler, se chevaucher dans une houle qui se dispersait mais que le Doge arrêta d'un murmure :

– Grands dieux, mais que dites-vous là ! Ce n'est pas impossible et voilà qui justifierait amplement l'appel aux trois Inquisiteurs.

– Voilà qui entache la réputation d'une famille, protesta Antonio Tron, soutenu par Andrea Querini qui encensait de la tête tel un cheval rétif.

– Voilà ce qui est une hypothèse, *Signori*, répondit Aurelio d'un ton conciliant. Une de celles qui pourraient expliquer l'appel aux trois Inquisiteurs. Ser Girolamo, désavoué par notre récente alliance avec le Saint Siège, effrayé par l'énormité de ses actes, se serait confessé cette fois à l'État, s'en remettant à votre justice pour sauver son âme. Comme vient de le dire Sa Sérénité, ce n'est pas impossible, mais qui, à part Dieu, connaît à présent la vérité intime qui conduisit Ser Girolamo à la crise qui éclata le 15 d'octobre 1510 au petit matin ?

« Qui, à part Dieu », avait accentué l'orateur. Et, avec le même automatisme qui faisait surgir l'oraison au début de chaque séance, les répons au cours de la messe, chacun secoua la tête, les mêmes mots sur le bout de la langue : Personne !

– Don Lazzaro ! lança l'orateur. Et voici la preuve que Don Lazzaro est aux ordres du Nonce, comme

Fra Bartolomé est l'exécutant de Lazzaro : aussitôt que fut connue l'arrestation du jardinier, il se passa ce que j'attendais : on vit Fra Bartolomé se précipiter chez Don Lazzaro ; Don Lazzaro courir à la nonciature, revenir en passant par *San Salvatore*, et Fra Bartolomé mourir en deux jours d'un mal suspect, coupant ainsi la chaîne de ceux qui pourraient parler. Reste Don Lazzaro. Revenons à ce matin du 15 octobre : Don Lazzaro s'est rendu à la nonciature et en revient avec l'ordre d'expédier Ser Contarini au plus vite, et surtout avant son audience avec les Inquisiteurs. Il retrouve son neveu au palais Contarini, où entre-temps, Fra Bartolomé a appris l'heure du rendez-vous avec le notaire. Il ordonne à son neveu de retourner dans son couvent pour lâcher sur la victime le jardinier Ognissanti, qui attendra à vêpres armé d'une pioche au bord du canal de San Luca. C'est aussi Don Lazzaro qui reçoit la plainte du jeune Sandro Vascarelli, et les menaces du giton suffisent à le traiter à son tour…

– Nous avons compris, Messer, interrompit Marco Barbarigo qui semblait fasciné par le tableau. Il est vrai que le regard de cet homme suffit à inspirer la méfiance. Mais vous avez souligné qu'il est aussi le seul qui connaisse le secret de Ser Girolamo.

– C'est un fait. Mais il est hors de mon pouvoir de donner la question à un prêtre, chapelain d'une grande famille, occupant un poste dans une paroisse mais aussi dans la hiérarchie de son ordre et tenu de toute manière par le secret de la confession.

– Il n'est pas de secret de confession qui tienne, lorsqu'on a les mains liées à la corde, affirma Antonio Tron d'un ton cruel.

– Certes, Messer Tron, répliqua respectueusement le Chancelier. Mais voilà une chose que, même si vous m'en donniez le pouvoir, je ne ferais pas. Car il serait imprudent de mettre à nu les agissements du Nonce. On nous le remplacerait dans l'amertume et mieux vaut un ennemi dont on a éventé les ruses qu'un autre inconnu qui pourrait nous en inventer de nouvelles. Et d'ailleurs, que nous apporterait le fait de connaître le fond de l'âme de Ser Girolamo ? Souhaitons-lui la paix éternelle et ne nous acharnons pas sur des hypothèses que l'on ne peut vérifier qu'au prix d'un scandale qui troublerait l'ordre public et entacherait l'honneur d'une famille.

Le Doge avait souri. Giovanni Minotto, qui haïssait Antonio Tron, rit presque ouvertement. Aurelio, le visage impassible, jubilait, car il s'enivrait d'aligner les mots justes qui accouraient d'eux-mêmes pour prendre leur place dans son discours, pour l'achever, à présent qu'il avait conduit sa démonstration à son terme et qu'il lui restait à se faire plaisir en allumant quelques mèches pour moucher un adversaire.

– Mieux vaut quand même empêcher discrètement ce Don Lazzaro de nuire, dit Barbarigo sortant de sa réflexion. Et par le même geste, envoyer un message ferme et non écrit à *Monsignore*.

– Que voulez-vous dire ? questionna Tron avec méfiance.

– Qu'il conviendrait de retourner contre eux les armes de ces marauds. Qui joue avec le feu périra par le feu, dit l'Écriture. Comment dites-vous, Messer Aurelio, que fut trouvé notre Contarini ?

Une série de bruits de langue, un peu mouillés, s'échappa de la bouche de Giovanni Minotto, un t-t-t-t qui se faufilait entre ses mauvaises dents, marquant une discrète désapprobation.

– Pas de violence, Messer Barbarigo. Qui joue avec l'épée…

– Il s'agit d'une pioche, Messer.

– A fortiori. La pioche est outil de manant. Et vous voyez bien qu'il résulte de son intervention la certitude qu'il y eut attentat. Mais, je vous l'accorde, il faudrait quand même que *Monsignore* sache que cela vient de nous, afin qu'il apprenne à vivre à Venise.

– Et que faites-vous du jardinier ? intervint rudement le *Capo.*

– Le jardinier, Messer Tron ? Mais voyons, point de procès pour un criminel avéré, homme de peu, qui plus est. Il sera étranglé dans les *pozzi.*

– Jetons quand même son corps dans le *rio di San Luca*, du côté de *San Paterniàn*, dit Barbarigo. Devant la nonciature, ce serait inutile, *Monsignore* ne le connaît sûrement pas. Quant à Don Lazzaro, nous pourrions agir avec moins de brutalité et n'être compris que par ceux qui ont à comprendre.

– Dans ce cas, utilisons nos moyens les plus courants, conclut Andrea Querini. Ser Tossego, le maître des substances, saura nous en trouver une qui ne laisserait de doute qu'à celui qui ne sait pas comment fut traité le moinillon qui regarde vers la porte.

Ceci ramena tous les regards vers le tableau. On trouva un air tragique au novice habillé de noir qui se retournait vers la porte. Il apparut si tourmenté, si angoissé que l'on s'attendait à voir sortir du mur latéral de la pièce le fantôme de Girolamo Contarini, un trou rouge dans la tête et la cervelle grise coulant sur son visage hâve. Le regard de Don Lazzaro, si calme, n'en parut que plus faux, plus criminel.

– *Signori*, sommes-nous d'accord de traiter le chapelain de *San Paterniàn* par breuvage d'éternité tel que seul *Monsignore* n'y voie pas seulement la main de Dieu ?

Les trois hommes se contentèrent de tendre leur main droite et de les superposer, dans un mouvement rapide, naturel, presque furtif. Aurelio, qui n'avait pas à compter les votes, hocha la tête accablé, comme s'il se trouvait déjà devant la dépouille du chapelain.

Dans le silence qui suivit, s'éleva la voix profonde du Doge :

– Messer Aurelio, il nous reste à vous féliciter : vous avez admirablement servi l'État, non seulement en nous rappelant combien, en cette période difficile, nous avons à rester unis et fermes dans nos choix, mais surtout en rabattant l'arrogance de nos alliés qui se comportent parfois en ennemis, ou tout au moins en rivaux. Messer Chancelier, la République souhaite vous récompenser. Nous y penserons, à moins que vous n'exprimiez un vœu.

– J'ai un vœu à exprimer, Prince. Je souhaite vous présenter Messer Andrea Mosca, qui se plia avec patience et efficacité à toutes les exigences de cette enquête. Il me fut d'une aide considérable, déployant une grande finesse d'observation et une habileté à faire parler ceux qui détiennent des détails utiles. Je désire le proposer au choix du Grand Conseil pour le nommer chef du corps des sbires.

Leonardo Loredan pencha lentement la tête en souriant, un rien paternel, onctueux, élégant, princier.

– Voilà qui est fait, *Signor Cancelliere Grande*. Mon secrétaire vous indiquera le jour de mon audience.

Il se levait, souverain et lent. Il attendait que les autres soient prêts à suivre son mouvement et s'attardait devant le tableau de Giorgione.

– Vraiment une œuvre étrange, dit-il comme pour lui-même. Et voyez-vous, Monsieur le Grand Chancelier, voilà la seule preuve d'un complot tramé contre la République de Venise. Croyez-vous que ceux qui nous survivront verront cela ?

22 : UNE COURTISANE

La lettre $\mathcal{L}$ était d'une délicatesse exquise. Ses volutes, faites de pleins et de déliés, avaient été tracées d'une main élégante et sûre. Dans les circonvolutions de son corps, s'égrenait tout un semis de petits rubis de grosseurs différentes, alignés par ordre de taille tantôt croissant, tantôt décroissant, enchâssés dans le creux d'un double ruban d'or fin.

– C'est une pure merveille ! souffla Laura.

La broche scintillait dans son écrin de soie bleue, de ce bleu à la Bellini, la même nuance de bleu que la robe qu'elle portait à la soirée Foscarini.

– Une pure merveille…

Ses yeux se levèrent vers l'homme qui venait d'être introduit chez elle et la contemplait. Il avait le regard gris. Un de ces regards clairs et pénétrants qui savent tantôt fixer, tantôt caresser, et parlent presque autant que les mots. Il sourit. De jolies pattes marquaient le coin de ses yeux.

– J'ai dessiné moi-même la lettre et l'ai portée chez *l'orefice.* J'ai choisi le rubis pour le faire trancher sur la robe que vous portiez lors de notre première rencontre et dont le souvenir est gravé dans ma mémoire. Vous aurez toujours pour moi le bleu des madones de Bellini.

– Oh, Monsieur le Chancelier, c'est trop de prévenance et trop de délicatesse.

– Chère Laura, il faut bien que je me fasse pardonner le temps que j'ai mis à vous rejoindre.

– Par bonheur, vous voilà. Le plus précieux des cadeaux est votre présence. Et ce bijou me la fera rappeler à tout instant. Merci, oh, merci !

Laura attacha la broche à son corsage. La lettre d'or et de rubis s'y imprimait dans tout son éclat. Elle s'approcha du miroir, admira son reflet dans la clarté dorée du soir. Elle portait ce soir-là une robe de soie d'un bleu profond, presque violet, évoquant certains ciels nocturnes et cette couleur sombre exaltait la pâleur laiteuse de sa peau. Les miroirs sont rarement innocents. Placé à cet endroit, elle pouvait jeter un regard furtif sur son visiteur qui, dans son dos, ne se sentant plus observé, sans retenue lui contemplait la croupe. Elle s'attarda donc devant le miroir puis, mutine, pivota dans un envol de sa robe. Elle était elle-même le bijou de saphir qui ondoyait parmi les couleurs chaudes de la pièce, parmi ce rouge vénitien, ce rouge d'Orient, sensuel, irritant, ce rouge désir pailleté d'or qu'incendiait le soleil couchant. Elle se laissait à présent admirer de face, sa taille cambrée, la naissance magnifique de sa poitrine, ses épaules admirables, présentées dans la lumière magique. Elle se plaçait au milieu de la plage lumineuse que projetaient à cette heure du jour les fenêtres en ogive ourlées de leurs fleurons de pierre. Une belle captive à sa fenêtre, pensa Aurelio. Il sourit, saisi par la magie du tableau, mais bien qu'il se méfiât instinctivement des mirages inventés en ces lieux, il fut étourdi, déjà secrètement sous le charme. Qui, de la femme ou de la lumière, avait décidé d'abuser ses sens ? Qui, de la femme ou de son visiteur, observait l'autre ? Elle se laissait contempler, avait arrêté le temps, mais lui prenait la pose, assis nonchalamment sur le divan adossé au mur, les jambes croisées dans une posture d'attente, le coude appuyé aux coussins, le menton sur le coude. Ses mèches brunes surplombaient un front haut, se couvraient aux tempes d'une poussière d'argent. Il avait de larges pattes au coin des yeux et il laissait son visage et le silence parler pour lui.

– Puis-je vous servir un vin de Samos ou de Malvoisie ?

La robe pourpre du vin se répandit dans le verre pailleté d'or. Aurelio pencha la tête pour mieux savourer le geste élégant et le tableau de Laura versant le vin. Il tendit la main pour recevoir la coupe, mais ses yeux s'accrochèrent à ceux de la jeune femme. Elle ne pouvait pas l'empêcher de la dévisager et elle se laissa observer avec un sourire aimable, un peu amusé.

– Vos yeux sont couleur de miel, murmura-t-il. Ils ont des reflets d'ambre et des éclats fauves. Disons que vous avez des yeux de miel fauve.

Il cherchait à préciser la nuance de cette couleur subtile. Mais en fait, miel et fauve était l'association exacte que lui inspirait le regard de Laura. Il lui renvoya son sourire amusé, malicieux :

– Pourquoi fermez-vous les yeux, dans votre portrait ? Il ne faut pas se cacher ainsi.

Il se rappelait le petit salon du *casìn*, cette petite salle de passage aux murs couverts de portraits de femmes, étalage un peu trivial de nudités aguicheuses. Un seul regard circulaire lui avait suffi pour reconnaître la peinture inspirée, le chef d'œuvre du peintre Scarfati, une petite main de chez Bellini qui, pour avoir peint ce portrait réussi, sans doute par hasard, avait encouru la colère de Giorgione. C'était du moins ce qui s'était dit. Quoi qu'il en soit, la Vénus endormie existait, se laissait contempler tout en se refusant, une beauté dont les yeux clos signifiaient l'absence, la retenue. Elle se refermait sur un secret intime et son corps parfait, au lieu d'inspirer le désir, imposait le mystère.

– Si vous êtes passé par le salon, vous savez tout de moi, dit Laura légère. Alors que moi, je ne sais rien de vous.

– Que peut-on souhaiter savoir d'un chancelier ? Il vit à Venise depuis toujours, il a eu le temps de savoir tout de tout le monde et il a passé l'âge des passions.

Nicolò Aurelio aimait le badinage où l'on pouvait mentir effrontément car un bon chat ne renonce jamais à sa passion d'observer une souris agile et l'idée de posséder autrement que par la chair cette femme dont le regard avait un éclat fauve ne lui déplaisait pas.

– On vous dit fin connaisseur en peinture, fit la jolie voix enthousiaste.

– Quand j'étais jeune homme, je voulais être peintre. Imaginez le scandale dans la famille.

– Ainsi donc, vous étiez mauvais sujet.

– Exécrable. J'ai désespéré mon père, qui était fonctionnaire des finances et avait passé quarante ans de sa vie à rêver d'envoyer son fils au collège des secrétaires.

Qu'est-ce qui pousse un homme d'âge mûr à raconter sa jeunesse à une jeune et jolie femme ? Sans doute se mettre à sa portée, montrer qu'il a été déraisonnable et qu'il peut l'être encore. Ce doit être un refrain connu des courtisanes.

– Finalement, vous ne l'avez pas déçu. Il a même pu être fier de vous, conclut-elle en s'emparant de son luth. Moi, je n'ai appris que la musique.

Elle souriait, charmante. Elle mentait assurément, la fille du professeur de Padoue. Mais elle jouait admirablement son rôle et Aurelio, s'en voulut de s'être laissé emporter. Elle s'était assise sur un large pouf, ses doigts légers couraient sur les cordes, sa voix modulait une *frottola* pleine d'allégresse. Lorsqu'elle prononçait le mot *amor*, l'ourlet délicat de ses lèvres écarlates s'ouvrait comme le calice velouté d'une fleur gorgée de suc. Aurelio fut envahi d'une violente montée de désir. Il vint s'agenouiller dans son dos sur le pouf, posa ses lèvres dans la saignée du cou, sentit le battement accéléré de l'artère, aima la douceur du cou, son galbe, absorba sa chaleur, huma son parfum léger de muguet et de narcisse, caressa des lèvres le grain fin de sa peau, en apprécia le goût sucré. Ses lèvres, ses dents allèrent jusqu'à mordiller la chair souple, sa langue explora les volutes compliquées des oreilles tandis que ses mains dégageaient du corsage les beaux fruits dont il se remplit les paumes, les soupesant, les étreignant, les malmenant avant d'y porter la bouche. Le luth avait roulé à ses pieds, elle s'était renversée et il pesait sur elle.

– Sentez combien je vous désire. Mais je ne serai satisfait que quand j'aurai pu faire monter en vous le même désir de moi. Le plaisir n'est vraiment délicieux que lorsqu'il se partage.

Elle l'avait entraîné vers l'alcôve où s'installaient déjà les ombres de la nuit proche. Laura vit courir sur sa peau lisse la main baguée, étonnamment légère, sensitive, insidieuse, décidée.

– Merci, murmura-t-il en souriant, lorsqu'il s'aperçut qu'elle l'attendait.

Alors seulement, dans un éclair de double vue, il fut conscient de s'engager dans une voie sans retour et, sachant que rien ne pouvait le retenir, il lâcha la bride.

FIN

NOTE DES AUTEURS

Le roman historique trahit-il l'Histoire ? On l'en soupçonne. Mais ne soupçonne-t-on pas aussi bien tout témoin oculaire racontant dans l'heure un fait qu'il vient de vivre ? Cependant, dira-t-on, si nous pouvons nous tromper à propos de ce que nous avons vécu, que croire de ce qu'on nous rapporte du passé ?

C'est oublier que nous approchons le passé non avec les sens, mais avec l'intelligence et le jugement. Figé par de nombreux témoins, étalé dans toute sa complexité par ceux qui l'ont étudié, le passé se laisse observer, pénétrer, et nous est d'autant plus lisible que nous connaissons son devenir, alors que le présent, sous bien des aspects, nous est encore obscur. Sommes-nous sûrs de connaître la portée de ce que nous vivons ? Savons-nous ce qui survivra au foisonnement de l'époque actuelle ? Nous connaissons-nous nous-mêmes ?

Le philosophe nous entraîne à peser, juger, douter. *Adaequatio rei et intellectus*, la conformité de la chose objective et de la chose comprise, a fortiori, ressentie : tout est là, depuis les scolastiques.

Avant de se lancer dans l'écriture, les auteurs ont longuement interrogé les sources historiques, comparé les points de vue des historiens, étudié les arts, la littérature, les institutions, les mœurs, les techniques de l'époque choisie.

Rien n'est plus romanesque que l'Histoire. Ceux qui écrivent l'Histoire ne sont-ils pas avant tout d'excellents écrivains ? Reprochera-t-on au romancier de donner un nom et un caractère propre à un personnage qu'il a imaginé à l'image de milliers d'autres qui ont vécu à coup sûr, mais dont les documents n'ont pas retenu l'existence individuelle ?

Ainsi, de même que le sculpteur va chercher la veine du marbre pour y intégrer son motif, de même la trame de ce roman s'appuie sur des faits, situations et personnages historiques, repris avec leur influence, leur spécificité, leur fonction, leur caractère. Il en est ainsi pour les circonstances de la guerre militaire et diplomatique et de ses conséquences, pour les incendies survenus à Venise, pour les mœurs et la ferveur religieuse répandue à l'époque, pour les personnages de Nicolò Aurelio, de Laura, la fille du professeur de Padoue, du chroniqueur Marin Sanudo, pour le Doge et bien sûr les artistes, sans qui le passé ne serait qu'une idée abstraite et les récits qu'on en tire incapables de nous faire rêver.

Il n'est d'historien que le romancier.

DES MÊMES AUTEURS

la série " LE RENARD DE VENISE " :
Les aventures de Pietro Aurelio, jeune vénitien de 1530.
UN HIVER À CHYPRE*:
Ce premier voyage, à bord d'une galère marchande, relate l'aventure du jeune Vénitien, tant sur mer, où l'on peut faire de mauvaises rencontres, que sur terre, à Chypre, où, mêlé à la vie de la colonie, il en découvre les délices et les embûches.

la série " ENQUÊTES VÉNITIENNES " :
Venise est la ville du commerce et des arts. En cette période des guerres d'Italie, elle défend farouchement son indépendance malgré le foisonnement d'espions et d'agents des puissances étrangères.
LE CONCERT INTERROMPU*:
Dans ce premier volume d'une série, Nicolò Aurelio, Grand Chancelier de la République de Venise et amateur d'art, se voit confronté à une énigme que la raison d'état lui commande de résoudre avec discrétion. Il rencontre des artistes, des nobles, un notaire, un banquier, des membres du clergé, des valets, la courtisane Laura, beauté fascinante et dangereuse.
Aidé de son adjoint Mosca, réussira-t-il à expliquer la mort étrange d'un haut responsable de l'arsenal ?

la saga historique "CINQUECENTO":

Un cycle de romans historiques, en six volumes, dans la Venise de 1500. Des personnages captivants, un récit inspiré de l'Histoire. Amour, Passions, Aventures et Arts en pleine Renaissance et Guerres d'Italie. 3000 pages pour rêver !

Des livres superbement illustrés, édités en version "papier" par les Éditions de l'Astronome. (www.editions-astronome.com)

LES AUTEURS

Pierre LEGRAND est ingénieur chimiste, docteur ès sciences physiques. Il a fait carrière à Bruxelles, au siège européen d'une multinationale américaine. Directeur marketing et technique, il a aussi représenté l'industrie chimique auprès de la Commission Européenne. Passionné d'histoire et de littérature, il est doté d'un goût pour l'analyse et l'investigation scientifique, historique et bibliographique, et possède un grand talent d'imagination.

Il assure le scénario.

Claudine CAMBIER, après un cycle d'études classiques, est licenciée en lettres romanes et agrégée de l'enseignement. Elle a été professeur de lettres et d'histoire dans l'enseignement belge. Passionnée d'art, d'histoire et de littérature, avec un goût certain pour la création au sens large, ses talents artistiques trouvent à s'exprimer aussi en sculpture et en tout domaine où peuvent se retrouver l'invention et la recherche du beau.

Elle assure l'écriture.

ISBN : 978-2-930804-7-6

Imprimé à la demande par CreateSpace
Dépôt légal (France): Octobre 2014

Printed by CreateSpace
Available from Amazon.com and other online stores

www. enquetesvenitiennes.com